마음으로 가는 길

마음으로 가는 길

지은 이 | 한국바다문인협회
펴낸 이 | 임종대
펴낸 곳 | 미래문화사

찍은 날 | 2007년 11월 10일
펴낸 날 | 2007년 11월 15일

등록 번호 | 제3-44호
등록 일자 | 1976년 10월 19일
주소 | 서울시 용산구 효창동 5-421
전화 | 715-4507 / 713-6647
팩시밀리 | 713-4805
E-mail | mirae715@hanmail.net

ⓒ 2007, 미래문화사
ISBN | 978-89-7299-347-6 03810

* 책 가격은 표지 뒷면에 있습니다.

마음으로 가는 길

한국바다문협 8집

미래문화사

차례

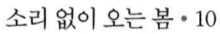

이영숙

김중근

- 《문예사조》 신인문학상 수상 (동시 부문) 등단
- 한국바다문인협회 부회장
- 문예사조문인협회 회원
- 제2회 바다문학상 최우수상 수상 (동시 부문)
- 제5회 자유문예대전 최우수상 수상 (동시 부문)
- 제8회 자유문예대전 우수상 수상 (시 부문)
- 〈시와 그림이 있는 풍경〉 시화전 초대 출품 6회
- 〈난고 김삿갓 문화큰잔치〉 시화전 초대 출품 3회
- (현) JG기획 대표

- 시집
《향기 나는 편지》, 《내 마음의 추신》《강물 위에 띄운 편지》,
《내 허락 없인 아프지도 마》, 《숲으로 난 길》,
《문예사조 2005사화집詞華集》, 《솔숲에 일렁이는 바람소리》 (공저)
- 시화집
《시인의 바다》, 《청산호의 노래》《시와 그림이 있는 풍경》 (공저)

시작 노트

매일 아침 눈을 뜰 때마다
신선한 공기와 눈 부신 햇살에
다시 태어남을 실감한다.

짧지 않은 삶을 살았음에도
사물의 본질을 이해함에
늘 부족할 뿐이다.

어제보다 투명한 가슴으로
희미해지려는 기억들을
하나라도 더 붙잡아 매어두고 싶다.

사랑과 믿음으로
이해하고 감싸주는 이웃이 있기에
행복한 마음으로

소리 없이 오는 봄

김중근

봄은
언덕 넘고 들을 건너
살금살금 다가왔어요

소리도 없이 기척도 없이
하얀 목련 꽃잎을
이번에도 신고 왔어요

찍힌 발자국마다
햇살 고여 눈부시고요
개나리와 진달래도
활짝 웃어요

봄은
온 천지에 꽃 보라를 흩날려
향내로 살살
코끝을 간질여요

내 동생

엄마 곁에 누운 아기
어린 내 동생

내가 눕던 자리인데
너무 얄미워

오물오물
볼우물을 꼬집으려다

새까만 눈 조그만 입
하도 예뻐서

만져보다 입 맞추고
안아봅니다

뭉게구름

김중근

산 능선 위
두둥실 뭉게구름

갓 피어난
꽃 무리 같구나

새로 변했다가
강아지가 되었다가

거대한 마술 보자기
동화 속
선녀도 그려낼 수 있을까

부끄러운 날

엄마랑 장에 갔다 돌아오던 날
커다란 짐 보따리 너무 힘겨워
벌게진 엄마의 얼굴 애가 탔어요

타박타박 빈손에도 힘이 든 나는
배춧잎 시들듯 축 늘어져서
다다른 정류장에 주저앉았죠

무심히 내려다본 땅바닥에는
개미들의 잔치가 벌어졌는데
힘도 좋지,
제 몸보다 몇 배나 큰 걸 물고도
뒤질세라 부리나케 잘도 갑니다

부끄러워 얼굴은 화끈거리고
그날 밤,
거대한 개미 바위에 시달리다가
나는 그만 홑이불을 적셨답니다

단풍

김중근

산과 들이 물들었다
붉게 노랗게

얼굴에
연지곤지 예쁘게 찍고

수줍은 듯
수줍은 듯
고개 숙였다

그네 타는 소녀

소녀가 발을 구를 때마다
하얀 이마가 반짝반짝
그러다가 파르르 떠는 머리카락에
얼굴이 휘감깁니다

진달래처럼 활짝 핀 분홍입술,
물방울소리보다 더 투명한 탄성으로
포물선을 그리고

신바람 난 복숭앗빛 두 볼이
팽팽한 그넷줄 위에서
터질까 봐 조마조마합니다

해님이 뒷걸음치고 있는 놀이터
엄마가 부르는데
소녀는 노을이 곱게 물든 구름을 잡으러
자꾸만 날아오릅니다

김중근

소풍전야

김종근

날 밝으면 소풍 간다
다시 보고픈 오색으로
설레는 가슴은 예나 지금이나
한결같은데

배낭 속에는 그 옛날의
사이다와 삶은 계란 제치고
내 눈 같은 돋보기가 들어앉아
시집 한 권 읽고 있다

가죽등산화가 반들거리며
으스대고 있지만
어릴 적 머리맡에 만지작대던
새하얀 운동화가 살며시
그리움으로 다가 서는 새벽2시

산도 물도 그대로 있겠지
마음은 벌써 거기 가 있는데
더딘 잠 기다리는 눈은
이제나저제나 말똥말똥

유치원 버스

빨간 신호등에 불이 켜지고
노란 버스 차창마다
초롱초롱 빛나는 눈망울들

요리조리 구를 때마다
호기심이 가득 찬 진주 알 속으로
모두 모두 쏙 쏙 들어갑니다

정류장의 초조한 얼굴들도
알록달록 분주한 간판들도
해님 보며 너울대는 가로수까지

파란 신호등에 불이 켜지고
노란 버스가 내 달리면
모두 모두 획 획 떨어집니다
제자리로 제자리로 줄줄이 줄줄

겨울 강

강물을 죄다 얼려서
햇빛으로 문질러 윤을 내고
아이들을 기다리고 있는 겨울 강

거울처럼 반들반들

산 그림자가 슬며시 들여다보지만
어림없지
시끌벅적 얼음지치고 팽이 치러
개구쟁이들이 몰려 올 테니까

강 언저리 털보아저씨의
뚝딱뚝딱 썰매 고치는 소리도
겨우내 한 번쯤은 듣고 싶은데

얼음이 녹을까 봐 더더욱 꽁꽁 얼려서
반지르르 광을 내고는 오늘도
기다림이 있어 외롭지 않은 겨울 강

첫눈

첫 번째 나들이라 너무 수줍어
누가 볼까 밤새도록 사뿐사뿐

창밖에 펼쳐진 하얀 풍경
산도들도 자동차도 구름 같구나

바람에 채여 흩어지면 어쩌나
햇살에 쏘여 스러지면 어쩌나

훈훈해진 가슴 아침마다
소리쳐 손 흔들어주고 싶은데

겨울 나무

홀홀 옷을 벗고
혼자 선 나무

언 땅에 발 묻은 채
온종일 덜덜

솜털 같은 눈꽃송이
펄펄 내려서

가지마다 포근히
감싸 줬으면

민들레

사람들이 다니는 길엔
절대 앉지 말라 하신
엄마의 말 까맣게 잊고서
보도블록 틈새에 발을 디민
당돌한 아가씨

어둠을 사르는 노란 불빛이
얼마나 좋았으면
밤새 눈 한 번 붙이지 못한 채
키다리 가로등 올려다보며
아직도 배시시 웃고 있다

해님이
나른한 졸음 쏟아 부어도
종일 동동거리며
발돋움하고 있는 철부지

어서어서 자라서
네 꿈에 하얀 날개 달아
훨훨
더 높이 더 멀리 날아보렴

김중근

국화

김중근

하늘을
파랗게 밀어올린
계절의 전령사

마음에 쏙 드는 향기에
손짓 몸짓 하나같이
맵시도 좋아라

맑은 웃음소리는
오순도순
더불어 사랑하는 마음

닮고 싶어
살그머니 다가서면
양지바른 곁 내어주며
어진 얼굴로 빙그레

22

공기

냇가에서 주운 돌
동글동글 예쁜 돌

깎아 놓은
밤톨 같구나

누이 손에 쥐어주면
좋아할 거야

요리조리 굴리면서
신나할 거야

김종근

옛날 옛적 그 옛날에

김중근

옛 날에 옛 날에로 시작을 하던
할머니의 18번 레퍼토리는
너무나도 유명한 도깨비방망이

처음부터 토씨까지 죄다 외지만
들을수록 자꾸만 듣고 싶은 건
짜릿짜릿 통쾌한 그 맛 때문이죠

어쩌다 도중에 잠이라도 들면
발이 저려도 행여 깰까 토닥토닥
끝까지 소곤소곤 다해주셨지요

그 요술방망이 하나 있으면
뚝딱, 할머니 모셔다 무릎 베고서
옛날처럼 응석 한 번 부려볼 텐데

빛을 그리는 요정

사람들이 구름처럼 몰려옵니다
용케 소문 잡고 나를 보려고

해 저물어 꽁무니에 램프 켜달고
잡힐 듯 말 듯 포르르 날면
아이 어른 할 것 없이 숨넘어가요
와
와
반딧불이다

동심으로 반짝이는 눈동자마다
사랑의 빛 듬뿍듬뿍 뿌려주고픈
나는야 빛을 그리는 숲속의 요정

공의식

· 월간 《모던포엠》 신인문학상 수상 (시 부문) 등단
· 제2회 자유문예대전 우수상 수상 (시 부문)
· 한국바다문인협회 자문위원장
· (현) 가림산업 대표

· 시화집
《시인의 바다》, 《시와 그림이 있는 풍경》 (공저), 서울문화재단 후원 시화집
· 시집
《사진 속의 그대여》, 《시인의 바다》, 《향기 나는 편지》, 《숲으로 난 길》 (공저)

시작 노트

'사람이 죽으면 하늘의 별이 된다.'는 말에
죽은 사람이 모두 별이 된다면 하늘은 별천지일거라고
밤마다 별을 세어보았던 때가 아련히 떠오른다.

아버지께서는 날 농촌에 붙잡아 두려고 공부를 못하게 했다.
들에 나가 일하다가 붉은 석양을 보니 또르륵 한 방울의
이슬이 마음속에서 흘렀다.
지나가던 여승이 걸음을 멈추고 잠시 나를 보더니
"북쪽으로 가거라. 그러면 남원 사는 도령이 너를 도와줄 것이다"
하더니 유유히 가던 길로 사라졌었다.

나는 아버지께 남원이 어디냐고 물었더니
'쏘련재라는 높은 고개를 넘어 시나를 가면 있다'고 하셨다.
갈 수 없는 곳이라 포기하고 졸았지만
꿈결처럼 그 말은 머릿속에 남았다.
운명은 아버지의 뜻대로 농촌에서 살게 하지 않고
갱지로 방황하듯 돌아 다녔다.
하지만 뭔가 허전한 마음이 옹이처럼 가슴에 박히고
채워지지 않는 그 무엇 때문에
세상을 잊자고 공장에 박혀 일만 열심히 하다가
'IMF'라는 시련이 와서 시름 하던 차
우연히 인터넷에 들른 나에게 새로운 세상이 보였다.
일하던 것도 잊고 잡다한 글을 올리기 시작했다.
의외로 반응이 좋아 팬도 생기고 사람도 만나면서
남원 도령을 만나게 되었다.
전문적으로 시를 배우고 사라졌던 달이 생기며
별도 하나 생겼다.
곧 밤하늘을 수놓는 은하수 사이로 흘러가는 보름달처럼 되어
사람들의 마음속에 만월의 포근함을 안겨 주었으면 좋겠다.

진달래

가슴앓이 들끓는
산자락마다
설레는 기다림,
모닥불을 지핀다
그리움이 익는다
아리도록
한 가닥 매운 연기에
눈물로 흐르다가
분홍빛 가슴 짜개어
산에 산에
널어놓았다

회고의 발자국

한 시절
무던히도 따르더니
묻어 버린 세월 저 편,
하얗게 지워져 가는
발자국

서성이다 쓸려 간 설움,
굴뚝 그림자 위로
별빛처럼 묻어와
아침이면
가슴 적시는
그리움 방울,
이슬로 맺혀 있다

지나온 자취마다
들끓는 가슴앓이,
저녁 연기 속을 헤매다
어둠 되어 나를 부르며
꿈속으로 찾아가는
나의 발자국

29

파도

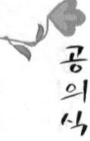

하루 종일 달려온 그대가 거품을 물고 소리칠 때도
시퍼렇게 달려와 바위에 부딪치며 솟구칠 때도
나는 그대가 화났다고 생각하지 않소
쉰 목소리의 함성은 만선으로 돌아와
숨 가쁜 어물전 경매 소리처럼 기쁘기만 하고
금모래 골라 씻는 그대의 손길이 너무 좋아
달려와서 솟구치고 되돌아 힐끗거리는 그대를
석양이라도 뱃전을 손보며 즐거워한다오
그대가 아무리 오지마라 새파란 소리를 질러도
어제 심은 소나무 덕분에 새마을이 생기고
바다에서만 새파란 소리를 지르는 그대가
너무 아름답기만 하다오
이제 달이 뜨는가 보오
밤에는 유난히 푸른빛이 검게 덮이며
어둠 속에서 가장 날이 선 이빨을 드러내
그대 만지는 것조차 거부를 해도
내일 새벽이면 가장 신선한 경매장이 선다는데
나는 그대를 안을 수밖에 없소
어머니의 품처럼 포근한 달빛이 퍼지고 있소
자장가 부르는 어머니의 따뜻한 숨소리가 들리오
그대가 잠들면 나는 살며시 이불을 걷고 나가
날뛰는 고기값을 잡으려 하오

담쟁이

동화 속 개구리 왕눈이 닮은 손
담을 타고 오르다 붙어 버린 검은 손
넝쿨 속에 가려져 보이지 않았고
감 따는 어린 손만 바람으로 흔들려
나도 몰래 소리 내어 웃어 버렸다오

바람 불어 건드린 이파리 속에
가파른 토담을 하염없이 부여잡고
아버지의 늙은 손이 죽어 있었네
넝쿨 덮인 그 자리는 초록색만 무성하여
바람이 없었으면 내 어찌 알까

죽음 위에 내가 섰고 그 위에 아들 서고
가파른 토담에는 담쟁이 족보 적어
어린 손 떨어질까 그 자리에 숨 거두어
푸른 잎 덮고서 있는 듯 사라져도
어린 순은 저만치 붉은 감만 따려 하네

귀가

어릿어릿 저녁이 걸어오면
달처럼 하얀 추억이 오르고
유년으로 달음박질하는 기억
어디서 불어올지도 모르는
바람 잡고 흔들거리는 가슴아

환한 얼굴이 내어 걸리듯
가로등이 켜지는 동네 어귀에
주절주절 혈기를 보따리에 싸매고
그냥 불빛따라 걷기만 하는
만 냥의 빚을 지고 가는 가슴아

모기가 앵앵거리고
파리가 밥상 위에 앉는다 하여
차곡차곡 쌓인 정분을 행주로 닦아
쓰레기통에 버리는 아픔이
이슬 되어 매달리는 가슴아

아, 이슬 쌓인 가슴아 너를 꺼내어
물기를 빼고 진한 피를 넣어
숭어처럼 펄펄 뛰는 청년의 손에
가장 날이 선 장검을 들고 귀가하고 픈
무딘 칼끝에 짓눌린 가슴아

봉선화

학교 길에 마중 나온 빨간 봉선화
생글생글 예쁜 입술 잔뜩 매달고
수줍은 우리 언니 시집 갈 적에
연지곤지 빨간 입술 달린 것처럼
다소곳이 인사하는 네가 예뻐서
나도 몰래 마주보고 인사합니다.

하교 길에 마중 나온 빨간 봉선화
새언니 입술처럼 어여쁘구나,
심술보 엄마 손톱에 물을 들이면
기분 좋아 웃음이 가득 하실까
살며시 만져 보다 깜짝 놀라서
나도 몰래 미안하다 인사합니다.

봉선화야, 봉선화야, 빨간 봉선화야
언니 몰래 엄마 몰래 나랑 뽀뽀해
내 입술도 너를 닮아 빨개지면은
옆집 사는 순돌이를 찾아 갈 테야
약지 걸어 약속하다 깜짝 놀라서
나도 몰래 얼굴 붉어 인사합니다.

시냇물

졸졸 시냇물에 누가, 누가 살까요
엄마 아빠 따라서 달려갔더니
따가운 햇볕이 쉬고 있어요
살며시 나의 발을 담그었어요
햇볕이 놀라서 도망칩니다
나는, 나는 기분 좋아 깔깔 웃어요

졸졸 시냇물에 뭐가 있길래
하늘의 구름이 쉬고 있네요
엄마 아빠 구름 속에 숨어 있는지
송사리만 나와서 놀고 있네요
나와 같이 놀아주는 엄마 아빠가
나는 좋아, 제일 좋아 깔깔 웃어요

졸졸 시냇물에 무얼 먹는지
송사리 떼 입마다 오물거려요
나도 따라 입술을 대어 봤더니
송사리 떼 달려와 입을 쪼아요
오곡밥 지어주신 우리 엄마가
세상에서 제일 좋아 깔깔 웃어요

포도송이

우리가 타고 가는 노란 버스에
포도반 아이들이 올라탔어요
올망졸망 포도송이 보라색이죠
노란 밭에 포도송이 귀엽습니다

우리가 타고 가는 노란 버스에
포도반 아이들이 집에 가지요
싱그런 포도송이 다치면 안 돼
아저씨는 살금살금 운전합니다

우리가 타고 가는 노란 버스에
포도반 아이들이 내려가지요
봉지 싸서 하나씩 내릴 때마다
조심해요 꽉 쥐면 터진답니다

봄비

고향엔 어머니 기다리고 계실까
봄비 맞아 젖어버린 유년의 추억은
창문에 바리바리 쌓아 놓고
비야 쫓아가라 쫓아가라 비야

그곳엔 썩은새 먹는 굼벵이가 있어
아직도 날 기다릴지도 몰라
비가 와도 몸을 움츠릴 뿐 피하지 못하는
유년의 추억이 살고 있을 거야

고향의 진달래는 지금도 피어
젖은 몸 떨구며 파리해 지겠지
그래도 가거라 어머니 찾아서
창문엔 눈물만 바리바리 쌓이고
고향엔 굼벵이가 썩은새를 파는구나

코스모스

가을이 다시 돌아오는 계절에
유난히 한들거리는 얼굴이
미소처럼 눈물처럼 매달리는 날
아련한 얼굴을 건드려 보오

분홍빛 볼에는 반가움 젖어서
노오란 꽃술에 이목구비 본 듯해
잠자리 춤추는 하늘가 어디쯤에
젖어드는 석양의 붉은 빛 있소

찾아오는 어둠에 그 얼굴 그리어
촛불로 밝혀 둔 기억 저 편에서
시원하게 마주 잡고 볼을 부비며
환하던 그 미소 안아 보겠소

이별

세수를 하는 것이냐
물을 찍어 바르는 것이냐
그대 얼굴 물속에 있어
세수를 하면 볼을 비벼댈 것 같고
물속에 얼굴 담그면 환한 얼굴 보일 것 같아
저 멀리 싱가폴까지 이어진 물 위에서
물속에 그려진 얼굴을 따라간다
물속에는 아무것도 없어
세수를 하면 눈물처럼 달라붙고
물을 찍어 바르면 바람만 훑고 간다
허전한 가슴이 펌프처럼 물을 올리고
물도 없는 물에서 세수를 한다
허풍선 같은 폐의 바람이
싱가폴에서 달려오는 태풍을 상대로
아무것도 없는 물속의 얼굴에
세수도 시키고 물도 찍어 바르며
물 위로 걸어간다

겨울 나무

한계령 산자락
뿌리로 휘어잡고
풍파에 가시가 된 손가락,
눈송이 찌르며
청춘을 지킨다

바람에 흔들리던
당초의 꿈
고통으로 일그러져,
등치에 덕지덕지 붙었다

겨울 한 겹 떨어지는 2월에
옹그린 춘몽이 눈물로 떨어지고
잎새 사이마다 파고드는
바람소리 서럽기만 하다

한낮에도 떨어지지 않고 달라붙은
흰 눈이 무섭기만 하다

내가 그리워하는 것은

공의식

내가 그리워하는 것은
인터넷의 상접된 얼굴이 아니라
만나면 즐거워
눈물 흘리는 얼굴입니다

내가 그리워하는 것은
항상 즐거운 언어로 흘리는 웃음이 아니라
진실을 말하는
촉촉하게 젖은 당신의 눈입니다

그대여
가을 하늘이 파랗게 서리를 꽂히어도
내 가슴으로 이슬을 내리는 것은
석양보다 더 붉게 물들이는
그대의 눈빛입니다

그대여
흰 눈이 산야를 덮을 때에는
파아란 싹을 없애는 게 아니라
언젠가 봄이 오면 다시 피어날
새싹을 보호하는 것입니다

그대여
내가 이것을 알았다면
당신도 내 마음 같이,
흰 눈이 봄 싹을 남기듯
마음 하나는 남기고 떠나세요

어머니

등 굽은 해안선으로
하얀 뼈 조각을 쓸어 모으며
파도가 웁니다

시간을 쪼아 먹는 갈매기가
골수 사이로 날개를 퍼덕이며
먼저 먹겠다고 아우성입니다

파도는 모래 위에서
하얀 등뼈를 움직이며
넋두리를 주워 담습니다

밤이면 파도와 어머니의 넋두리가
해안선으로 길게 누워
갈매기를 기다립니다

아지랑이

아가야 울지 마라 울지 말아라
앞산에서 뒷동산에서도
피는 너는 봄이 좋아 핀다고 하고
보는 나는 안타까워 운다고 한다

아가야 날라라 훨훨 날라라
앞산으로 뒷동산으로
호랑나비 날개로 네 옷을 입히고
종다리 노래처럼 곱게 놓아 보낸다

아가야 뛰어라 멀리 뛰어라
시냇물 건너고 들판도 가로질러
네가 뛰는 곳곳마다 풀이 돋아나고
돋아나는 풀마다 꽃이 핀단다

아가야 웃어라 크게 웃어라
엄마 아빠 품에서 크게 웃어라
새들도 너를 향해 노래를 하고
나비도 너를 보고 춤을 춘단다

정정리

• 월간《모던포엠》신인문학상 수상 (시조 부문) 등단
• 월간《모던포엠》작가회 회원
• 제3회 자유문예대전 최우수상 수상 (시 부문)
• 한국바다문인협회 이사
• 2004년 제1회 〈시와 그림이 있는 풍경〉 시화전 출품
• 2004년 제7회 〈난고 김삿갓 문화큰잔치〉 시화전 초대 출품
• 2005년 서울지하철공사 시화전 초대출품
• 2005년 제10회 〈바다의 날〉 국립등대박물관 시화전 초대 출품

• 시화집
《시인의 바다》,《청산호의 노래》(공저)
• 시집
《내 마음의 추신》,《향기 나는 편지》,《강물 위에 띄운 편지》,
《내 허락 없인 아프지도 마》(공저)

시작 노트

사랑도 밋밋하고 이별도 어정쩡한
갈맷빛 짙어가는 지천명 고갯마루
골 깊은 마음밭은 진즉이 푸서리지고

하늘 같은 이상도 물빛 같은 감성도
어느 것 하나 녹녹지 않는 심연 깊이
침묵은 고독이란 병을 덧내던 어느 날

지는 해 소멸하는 아름다움에 겨워
지금 이대로의 나 자신을 인정하며
남은 삶 의지대로 가꾸리라 달빛 소방

묵정밭 다시 갈아 풍풍한 이랑 새로
트는 물꼬. 영혼까지 정화되면 난 그만
사람이 되어 두둑에 올라 시나 읊을까

녹차밭

정
정
리

원색 짙푸른 통곡의 바다
물결의 골마다
슬픔이 일렁인다

담담한 미소의 시간 앞에
저리 홀로 서글픈
그리움의 사연

노을 젖어 눈감은 잎새
고요히 솟는 정열이었나
우수의 몸매 녹색치마 여인 같아라

비슬산 소나무

비슬산琵瑟山 벼랑,
바위에 뿌리 내린
청솔 한 그루
푸른 날개 드리우고
등천이라도 꿈꾸는가

태풍이 훑고 간 자리
우렁차던 계곡은 흔적 없고
땡볕 갈증에
의연히 푸른 빛 세워

겨울 찬 서리
바람 소리 외면한 채
이끼도 오르지 않는 기암 뚫고
오직 태양 우러러
홀로 깃을 펴고 있구나

고속도로 귀가歸家

정
정
리

해 저문 고속도로
눈썹달 오른 밤 하늘엔
북극성도 깜빡인다

어둠이 바다를 이루어
앞산은 돛배처럼 떠 있고
초목과 바위마저 수몰되었다

광란의 나들이 인파 가까스로 잦아들고
어둠을 삼킨 파도는
기지개 하나 토해 내고 있다

48

부추꽃

바람이 핥고 간 그루터기
서러움 여투어 이 앙다문 채
촉수를 야무지게 빼어 올렸다

새벽녘 자욱한 안개 헤집고
길 잃은 별마다 하얗게 하얗게
정수리에 꽃수로 내려앉았나

가을볕에 무르익은 향기 따라
벌 나비 파고드는 푸른 꽃대 위,
대낮에도 은하수를 깔아 놓았네

전시장의 국화

정정리

허리가 바싹 조이고 턱이 치받쳐서
가슴이 답답하니 숨쉬기도 힘들어요
몇 며칠 깨금발 들어 관절마다 시근시근

나자마자 수술가위로 다듬은 성형미인
철사 줄 다이어트에 영양제로 버텨온
사람들 칭찬 받으면 억지웃음 벙긋벙긋

갈바람 아니라도 혼자 흔들 수 있어요
햇볕에 깔깔대다 소나기 흠뻑 젖더라도
들판의 풀꽃이라도 내 멋대로 핀다면

겨울로 가는 비상구

제갈 길 말없이 내달리는 세월을
무슨 수로 붙잡고 이유를 물어볼까
한세상 불태우리라 호시절 언제였나

깡그리 벗어던진 나목은 꼿꼿한데
첩첩이 껴입고도 움츠린 어깻죽지
신열을 떨어뜨리는 알 수 없는 바람

소멸하는 것들의 아름다움과 슬픔
짧지만 긴 여운 남긴 옛사랑이여.
마지막 찬 손 따뜻이 품은 가슴으로

그대는 영 돌아오지 않는 부메랑인가
어둑한 그 어디론가 몰려가는 가랑잎
귓가에 웅웅거리는 속 태우는 저 소리

별나라 민들레꽃의 노래

정
정
리

간밤 추락한 별똥별이 풀숲에 맺은
잘디잔 이슬. 아침 햇살에 반짝이다
산새들 지저귐에 굴러 떨어지는 소리

여기저기 얼굴 씻고 둘러 앉은 민들레
내 사랑하는 님에게 바치는 고운 노래
작은 키 발돋움으로 하늘 높이 부르리

구름밭 뒤란서 하릴없이 조는 낮달아
내 마음 초저녁 별님에게 전해준다면
은하수 꽃밭 사이로 두리둥실 떠가리

곶감

껍질도 없이 꼭지도 없이
알몸으로 내걸린 바람 앞에서
허수아비 외로운
빈 들녘 바라본다

아린 몸 훑어내며 계절이 지나고
찬 서리 내려앉아 상처를 덧들이는
안으로 안으로만
속울음 삼킨 순간들

주홍빛 새살로 다시금 여물어
쫀득쫀득
입안을 후리는 자태로
누구의 마음을 한껏 사로잡을까

정
정
리

노을 속의 소녀 그리고 여인

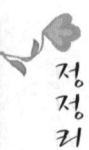
정
정
리

바다가 보이는 산동네 희멀쑥한 아이
놀다 해질녘이면 뒷산으로 올라갔네
노을의 혓바닥으로 제가 빨려드는 건지
제 몸이 지남철처럼 빨아들이는지
새빨간 비로도 같은 폭신한 감촉이 좋아

그 아이 소녀가 되어
노을 진 산하 붉은 수수밭*에 섰다
하늘 바다는 그야말로 펄펄 끓는 수숫술 가마
뜨거운 술 냄새에 취해 뺨이 발갛게 오를 때쯤
슬며시 손거울로 자신을 비춰본다

여자가 가장 아름다운 순간이
노을빛 젖었을 때라는 말을 듣고부터
헬쑥한 제 얼굴이 얼마나 발개지는지
이리저리 비춰보며 빙그레 웃으며
사춘기 가슴을 부풀렸다

지금 저무는 여인 하나
주방 창 너머 노을을 헤집고 있다
거울 속 분출하던 그 소녀 잊지 못해
소녀는 어디 가고

타다 남은 불씨 잦아든 어스름 아궁이 속
재 한 줌 털어내고 있다

*《붉은 수수밭》: 중국 작가 노엠의 소설

가을 앓이

정
정
리

어딘가 훌쩍 떠나고 싶어지는 계절
출발의 집념이
결별의 발걸음이 될까 두려운
색깔과 소리의 유혹
시인님 바람 되어 가신 하늘 멀리

타는 저녁놀에 젖어
고수부지 샛길 걷노라면
검은 각질 툭툭 터지는 나무
소멸의 아름다움에 이는 전율

색채와 소리 없는 소리가 아우러진
늦가을 도시인의 우울증
휘어진 등허리로 이는 억새춤 바람
계절의 연례행사 앞에 앞자락을 여민다

바다새

나, 그대가 좋아 그대 위를 나는 새
그 가슴 너무 넓어 다 안을 수 없어
그 사랑 너무 깊어 쉬 깃들 수 없어
수평선 너머 훨훨 날아가
돌아오지 않겠다며 꺽꺽 울어도
모른 척 붙잡지 않는 그대

따라나설 수는 없어도
언제나 그 자리 한결같이
넉넉히 팔 벌리고 있겠다는 그대
등대 불 훤히 밝히고 돌아오는 길
기꺼이 마중하겠다는 그대

파도결에 치솟아 휘돌다 보면
여전히 출렁이는 물빛 나의 님
노을 속으로 끝내 들지 못하고
잽싸게 나래 접어 꽂히듯 입맞추는
바다새
바다새

갈대꽃

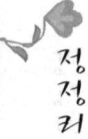
정
정
리

향기도 일지 않는 못생긴 보푸라기
아무리 유혹해도 나비 한 마리 들지 않아
바람과 구름을 따라 날아가고 싶었겠지

무수한 생명들이 꼬물대는 간석지
개개비 빈집 하나 허리춤에 매달고
밤이면 기어오르는 게들과 달빛 소망

침묵의 밤 이슥토록 하염없이 흐느끼다
진펄밭 깊숙한 곳 뿌리 하나 질러 놓고
넘어질 듯 쓰러질 듯 눈보라로 흩날리네

무인도

노을로 물새가 날고 달빛이 내리면
차가운 가슴 속마음은 따뜻한 그대
비로소 아득히 박힌 내게로 다가온다

별 떨기 아롱아롱한 밤 못내 뒤척이면
잔잔히 넘실거리는 물무늬 파도 향기
주체할 수 없이 솟는 욕망 씁쓸하지만

아닌 밤 느닷없는 폭풍우 몰아치면
노기충천 달려와 잽싸게 감싸 안는
깊이를 알 수 없는 그 사랑 행복했다

수천 년 별똥들 집합체 외딴섬 하나
내 사랑의 한계만큼 망망한 수평선가
있어도 없는 듯 박혀 고독감을 즐긴다

밤 물수제비 뜨는 강가에서

정
정
리

어둠이 짙어갈수록
수풀 사이로 하얗게 드러나는 그대
달빛에 얼비치는 창백한 몸
살며시 한 발짝 내디딜라치면
하릴없이 어지르는 부엉이 울음
흐느적거리는 버들잎 내 눈물

다가갈 수 없는 그대를 바라보며
캄캄한 건너편에서 물수제비를 떠본다
철퍼덕 소리만 남기고
설핏 들썩이는 옷자락. 부서지는 달그림자
모든 생명체 잠꼬대마저 끊긴
고요 속에 숨죽이는 그대 가슴 소리
그리움 길이 간직하고자 이별하노라

하늘의 생명수로 내린 대지 위에
흐르다 멈추다 흐르다가 먼먼 피안
바다에 이르기까지
물에서 나와 물로 돌아가는 길
그대와 내가 영원히 합할 그곳
머잖은 날에.

팔공산 꽃향기

저마다 잘난 빛깔 우쭐하던 봄꽃들
새파란 잎새 촉수에 찔려 아파하다
머물던 자리 떠나 어디로 갔나 싶더니

동화사 가는 길에 우르르 올랐구나
좌우로 흐드러진 진홍빛 꽃무리들
사잇길 함께 걷고픈 그리운 얼굴이여

그대 모습 상상만으로 나 이미 취해
어쩔 수 없는 춘정 아찔하기도 해라
눈 앞에 어른거려서 나 미칠 지경이네

연용옥

- 충북 괴산군 도안 출생
- 월간 《한맥문학》 (시 부문) 등단
- 한국바다문인협회 회원
- (현) 남광토건 재직

- 시집
《내 허락 없인 아프지도 마》, 《강물 위에 띄운 편지》 외 다수 (공저)
- 시화집
《시와 그림이 있는 풍경》 (공저)

시작 노트

사십을 넘긴 어느 날
지난 시간이 아쉽고 미래가 불안하여
남은 도화선의 길이를 재며 재가 된 시간을 돌아보고는
깊은 상념에 잠겨 우울한 날을 보낼 때

사진을 찍을까
그림을 그릴까
글을 써 볼까

그러던 어느 날
"잘 쓰셨네요, 시詩를 써 보세요"라며
어느 시인이 넌지시 내게 던진 긴 여운

훗날 안 사실이지만 그분은 누구에게나 칭찬을 하신다.

예전에 주섬주섬 모아둔 혼잣말들을 찾으며
사는 동안 시와 함께하기로 했다.

덧칠을 하다

연용옥

그림을 그립니다
나만의 작은 꿈의 조각으로
도화지에 하나씩 둘씩

좋아하는 것들
원하는 것들
엷게, 때로는 짙게
납작 엎드려 칠을 합니다

어느 순간부터
좋아하던 것
원하던 것들이 조금씩
변해 있다는 것을 알았습니다

덧칠을 합니다
흔들리는 마음 추스리고
영롱한 꿈의 조각을 찾아
나는 다시 덧칠을 합니다

아버지

어두운 밤이다
낚시터에는 아무도 없다
캄캄한 빈 하늘만
멍하니 바라본다
수면을 박차고 오르는
헛기침 소리
차라리
여명黎明이 오지 말았으면
너무 오랫동안 헤어져
행여 만난다해도
몰라볼까 두렵다

연
용
옥

빈자리

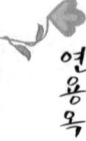

연용옥

해질녘 지친 육신을 이끌고
집으로 가는 길

누군가에게
넋두리라도 풀어보고 싶은 마음에
선술집 문을 두드린다

헤프지 않은 미소로 반기는
초로의 주모

힘들 때면 위로해 주시던
어머니의 잔잔한 미소와
따스한 손길 하염없이 그리운데

오늘따라
그 빈자리가 너무 커 보여
술잔을 들고서도
마실 수가 없다

해질녘에는

설핏 하루해가 기울면
마술에라도 걸린 것처럼
창문을 바라다본다

반대편 건물로부터 반사된 빛은
누군가를 향한 눈부신 그리움

오래전부터
전화기는 울리지 않는다

이렇게 해가 기울 때면
먼 하늘, 먼 산 끝자락에
자꾸만 눈길이 머문다

연용옥

어머님의 아침

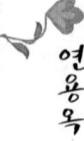

연용옥

그 분만의 사랑이 시작된다
모두가 잠든 새벽에
누가 깰세라 소리 죽여
이불을 다독여 주시고
재래식 부엌을 향하시며
살며시 아침을 연다

아궁이의 불에
밥이 익을 때쯤이면
방문이 열리고
기상을 알리는 애들아 소리에
부스스 잠을 쫓는다

식사가 끝날 즈음이면
도시락에 학과준비에
이것저것 확인이 시작된다

가방을 들고 학교로 향할 때면
대문 앞까지 나오셔서
차조심해라
수업시간에 장난치지 말고
선생님 말씀 잘 들어라
어머님의 아침은 이런 시작이었다.

새벽 두 시

한밤에 선술집을 찾았다
한잔을 비우고 안주가 나올 즈음
어느 할머니의 발길에 입이 붙어 버렸다
이른 새벽 빈 종이상자를 모으며
가게주변을 돌고 계신 그분은
잠이 없어서일까
돈이 필요해서일까
살아계셨다면 아마도
어머니 연세 정도 되어 보였다
갑자기 어머니가 보고 싶다
꿈에서라도 뵈어야겠다
나는 급히 일어나 집으로 갔다.

춤추는 섬

연용옥

무의도舞衣島
서해 공항 부근에
작은 섬

그러나

어느 해
실미도가 그 섬을
춤추게 했다

이렇게
가까운 곳에
684가 있었다니

기억을 지울 즈음
한편의 시나리오로
다시 살아나

그들은 해변에
석화石花로 피어
인구人口에 회자膾炙되고 있었다.

경춘가도 京春街道

차창에 가을빛 고와라
수많은 야생화
노변路邊에 필 때면
정情 그리워 찾는 곳

닭갈비와 막국수
술 취해
흥에 취해
낙조落照를 바라보면
어느새 호수엔
붉은 옷 갈아입고
덩실덩실 춤추지

그 모습 그리워
경춘가도 달릴 때면
내겐 다른 그림이
그려지지 않는다.

연용옥

우안牛眼*

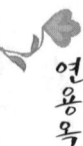
연용옥

부귀리에서 임도林道따라
승호대 지나 산막골 가면
청평산방 있다

봉화산을 지붕 삼아
순박한 마음으로
정 깊은 사람들이 사는 곳

오는 사람 반가워
가는 사람 잡지 않는
욕심 없는
민심 닮은 푸근한 우안牛眼

숨긴 미소 슬그머니 객客에게 주고
수줍은 듯
저편 소나무에 눈이 머물면

한지韓紙에 숲과 계곡을 담아
외로움 달래 놓고
그 소나무 옮겨와 심는다.

* 우안 : 최영식 화가의 아호, 춘천 소양댐 건너 산막골에서 한국화, 주로 소
나무를 그림

연극에서

이제, 주연이 되고 싶다

누구의 것도 아닌
누구의 탓도 할 수 없는
나는 철저하게도
저만큼
객석 먼 구석에 앉아
관객과 조연배우를 탓하며
손뼉도 치지 않는
그 흔한
무료관객일 뿐이었다
단 한 번의 주연을 맡은
연극에서

연용옥

간이역

연용옥

살다 보면 길이 아닌 곳에
첫발을 딛고 누군가 와 주기를
사뭇 바라지

흔적은 흔적으로 남아
다음 사람을 인도하고
이러한 횟수를 거듭하면
길은 생겨난다

길 아닌 곳이 길이 되고
길이 길 아닌 곳으로 변하듯
역이 아니면서도 역인
간이역도 그렇다

간이란
슬픈 느낌으로 다가와
고독을 품게 해 주는
소외된 듯한 의미로 다가오고

때로는 고상한 느낌에
동경의 대상이 되기도 하며
독특함을 주는 간이역
그곳엔 아직 역무원 혼자 있다

꽃샘추위

눈비를 동반하고 그가 왔다
어느 모로 보나
반갑지 않은 손님이다

꽃망울 봄맞이 준비 끝내고
사알짝 내민 이마
삭풍으로 주저앉히는 노련한 심술

어느 시인이 추운 건 싫다며
요즘 같으면 살 만하다던
며칠 전 이야기는 어쩌지

두께로 버티던
시장통 포장마차 할머니의 옷
비둔하다며 한 꺼풀 벗는다 했는데

삼월 어느 날 꽃샘은
눈치 없는 불시착으로
온 세상을 헷갈리게 하였다.

가시거리 무한대

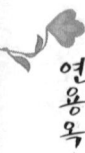

연용옥

이런 기분 처음이야
하늘 높이 솟아올랐나 보다
아니 아마도 키가 커진 게야

남산의 첨탑 피뢰침이
주 ― 욱 뻗은 손에 잡힌다

북한산, 도봉산, 수락산 뒤로
이름 모를 산들이 보이고
남한산성, 관악산
서쪽에 계양산이 한눈에 들어온다

맑은 서울의 대기가
마음을 깨끗이 닦아 놓았다

이런 날은 마음의 창을 열고
서울을 몽땅 가슴 속에
가두고 싶다

오늘 서울은 가시거리 무한대.

그녀가 좋다

힘은 약해 보이고
어쩌면 유연하다고 해야지

가녀린 것이 키는 커서
바람에 치마 흔들며
온갖
가을 타는 사내들 후리고

아이들 밥도 안 하는지
종일 신작로에 버티고 서서
이놈 저놈 눈도장이나 찍고

그녀가 그래도 좋다
가을 길을 걸을 때면
코스모스라 불리는
그녀가 있어 더 좋다.

연용옥

민병희

- 《한울문학》 신인상 수상 (시 부문)
- 《날개문학》 신인상 수상 (시 부문)
- 《한울문학》 문인협회 행사분과위원장 역임
- 한국바다문인협회 사무국장
- 시화전
' 06 서울메트로 시화전 초대 출품
' 06 난고김삿갓문화큰잔치 시화전 초대 출품
' 07 서울문화재단 후원 시화전 출품

- 시집
《하늘빛 풍경》, 《내 허락 없인 아프지도 마》,
《강물 위에 띄운 편지》, 《숲으로 난 길》 (공저)
- 시화집
《시와 그림이 있는 풍경》, 《도래샘》, 《시와 그리움》 (공저)

시작 노트

세상을 모두 아름다운 시어로만
만들 수 있다면……

시상 하나하나를 가다듬어
시 한 편이 태어나듯이
맑은 영혼으로
아름다운 삶을 살고자 노력하며
한 올 한 올 마음의 수를 놓아봅니다

산사의 풍경 소리

이른 새벽 법당을 나서면
시리도록 청아한 풍경 소리

졸았느냐, 기도했느냐
무엇을 얻었느냐 질문하듯
가만가만 흔들리는 소리

뒤틀린 뼈마디 어루만지며
정갈한 아침을 맞으라
나를 위로하네

가슴속 얽힌 마음 설킨 마음
훌훌 털어버리라
머리 풀어 초 하나 밝히고
온갖 번뇌 다 잊으라 하네

토란잎

이슬 맺힌

토란잎 따서

물방울 굴리면

옥구슬 구르듯 또르르

아이도 따라 까르르

계집아이 숨 넘어간다

눈송이

간밤 푸지게 쏟아붓던
함박눈

수풀 위에 수북이
쑥버무리 해놓고

장독대는 백설기,
나뭇가지는 솜사탕
만들어 놓았네

한 입 베어 볼까
어떤 맛이 날지

첫사랑

무심히 살아온 세월 되돌아본다
그리움
다락방 속 깊숙이 숨겨 두고
오랜 세월 뒤 꺼내봐도
핑크빛

그 아련한 색깔조차
변함없더이다
밤새워 아기자기한
추억으로 수를 놓을까

민
병
희

마음으로 가는 길

네 안에 깃든 나를
너는 언제나 먼 데서 찾고 있다

수없이 많은 날들을
얻은 것도 잃은 것도 없이
나 항상 거기 자리하고 있는데

두근거리는 이 새벽
애써 외면하는 너를 찾아 가는 길

지도에도 없는
마음으로 가는 길
아득한 그 길

가을밤

잡힐 듯 잡히지 않는
애절한 구애
짝을 찾는 귀뚜라미의 절규

한 날개는 현이 되고
한 날개는 활이 되어
젖은 날개 비비며 애간장 녹이누나

귀뚜루르
귀뚜루르
가을밤은 그렇게 깊어만 간다

수양버들

낚싯대 드리우고 세월 낚고 싶었나
달빛에 흐느끼는 수양버들

밤사이 고뇌 씻어내려나
버들 내 허리 등 내놓고 머리 감는다

긴 머리 풀어헤치고 가녀린 어깨
들썩이며 바람에 투신 몸을 맡긴다

봄은 다시 오려나

여린 싹 자라 꽃피는 날만 기다리다
모진 바람에 잘려나간 자리에
진물만이 엉켜 있습니다

불길 같은 노여움으로 신열은 나고
자존심으로 제 살 깎아 먹으며
나날이 조금씩 제풀에 지쳐 시들어갑니다

꽃밭 물주기가 끝나는 날
말라버린 빈 가슴만 남았습니다
작은 생의 봄은 다시 오려나

민
병
희

꽃과 나비

민병희

너의
꽃 입속으로
나는 찾아간다
부드러운 혀로 넌
날 받아들인다

솜사탕처럼
달콤한 액체 뿌리며
나는 너의 구석구석을
핥고 지나간다

너의 고운 꽃잎에
내 사랑을 포갠다
아이스크림처럼 달콤한 입술
널 탐닉하러 오늘도
너의 아름다운 꽃잎 찾아간다

거꾸로 매달린 꽃

지은 죄 얼마이기에
거꾸로 매달려 흔들리는가

보는 사람 괜시리 설레게 하고
마음 흔든 죄값치곤 너무 짠하다

노을 아래 다 타버리고
핏기 없는 저 미소

화려했던 과거를 추억하며
바람 앞에 매달려 참회하는가

꽃잎 연서

아름다움을 자랑하듯
여유롭게 미소를 짓던 날

햇살 눈이 부셔
잠시 조는 사이
바람이 날 겁탈하듯 뒤흔들어
거리에 나뒹굴게 하였네

지난날 추억 돌아볼 사이도 없이
꽃잎 바람에 휘휘
희롱당하며 언제 돌아올지 모를
기약 없는 먼먼 여행길 오른다

아픔

지난날의 추억이 시려
잊고자
아픔을 깨물었더니
가슴이 더 시리고
아파 오더라

세월이 흘러도
시린 마음 삭지 않는다면
다시는 깨물지 아니하고
그 아픔
통째로 삼켜주리라

님의 향기

바람은 날 건드려본다
왜 꼼짝 않느냐고
마음이 움직이지 않는다

또다시 산들거리며
머릿결을 흔들어본다
바람이 가지고 온 풀냄새
멈춘 나의 마음을 흔드는데

소리 없이 다가온
익숙한 향기
난 향기만으로도 알 수 있다
그가 내 곁에 와 있다는 걸

아침이슬

해 오름 먹으며
수정 빛 반짝이는
이슬아

풀잎에
새 생명을 틔워
영롱한 빛 피워내며

탁한 세상에
맑음을 선보이며
별만큼이나 아름다운 너는 보석

살포시
태양이 안으면
수줍어 숨어들고서

순간의 행복
오랜 아쉬움에 젖어
아침마다 새 생을 틔우는 너는 수정

김경숙

- 필명 : 태연
- 2005년 3월 《신문예》 (시 부문) 등단
- 2005년 5월 《신문예》 (수필 부문) 등단
- 세계시낭송협회 회원
- 한국바다문인협회 회원
- 한국문학협회 문학대상 수상
- 바다문인협회 주최 제 2회 바다문학상 최우수상 수상

- 시집
《홀로 젓는 스푼》
《강물 위에 띄운 편지》, 《숲으로 난 길》, 《이 땅을 빛낸 문인들》 (공저)
- 시화집
《시와 그림이 있는 풍경》 (공저)

시작 노트

꿈을 꾸었습니다
긴 대청마루 위에 누워 언뜻 잠이 들면
눈꺼풀 안으로 번쩍이는 섬광
그것은 우주의 현란한 불빛이었고
어린 나는
늘 그 불꽃 속으로 타들어가는 것만 같았습니다
그렇게 온몸을 사르며 꾸었던 꿈들이
호접몽이 아니기를 염원하며
기대 그 이상을 품고 살았으나 늘 목마름이었고
내 염원은 아무 곳이나 내던져두어도 잘 자라는
잡풀과 같았습니다
이제는 더 이상 꿈을 꾸지 않습니다
척박한 토양에서도
질긴 생명으로 거듭나는 들꽃처럼
그간 꾸었던 꿈을
조심스레 펼쳐 보이고자 합니다??
오색찬연하게 펼쳐진 문양으로
장식하지 않았지만
진솔하게 다가서기를 원하며
낮은 음계의 노래를 놓아봅니다
고매한 인품으로 어깨를 높이 세우지는 않았지만
삶이 건네주는 거친 숨소리를 여과없이 옮겨봅니다

바다 그 이름만으로

김경숙

꽃무늬 팬티가 훤히 들여다 보이는
산자락 밑으로
입 안 가득 해를 문 바닷물이 바람에 몸을 치대고
넘어지지 않으려고 기를 쓰는
문고리를 잡아 끄는 그리움이
하나 둘 낙하를 마치고나면
나즉한 음성으로 부르는 이름
금빛 파도는 빈가슴을 채웠다
엎드려, 더할 수 없이 겸손하게 엎드려
꽃등을 밝히는 비탈진 언덕 위의 지붕들
움찔, 목울대를 삼키며
비린 젖무덤을 찾는 어린것을 안고
잠이 든 아낙의 이마 위를 스치는 별빛
두려움과 안식의 배를 띄운
바다, 그 이름만으로도
격정의 세월은 안개처럼 모호해도
삶의 부호는 언제나 설레임이 된다

라이 따이한

그것은 백야
떨리는 검은 눈썹으로
희멀건 웃음을 뿌리며
한바탕 휘모리 장단으로
너를 찾아가는 길
그 곳은 백야
눈을 뜨고도 잠을 잘 수 있는 곳
비단뱀의 몸놀림으로 숨이 막혀버린
천혜의 그리움
눈을 감고도 잠을 이룰 수 없는 모진 세월
너무 쉬운 이별 앞에 목이 꺾였다

쿼바디스 도미네
나를 버리시렵니까
아버지

김경숙

형제

김경숙

그 해 가을
너른 앞마당에는
어머니의 소망이 빨갛게 펼쳐지기 시작했고
바쁜 손놀림 속에 속살이 튼실한 고추는
황금빛 씨낭을 말끔히 털어내고도
햇살의 숨결은 고스란히 남아 돌았다
끝 간 데 없이 펼쳐진 멍석 위로
졸망한 어린 동생들의 웃음이
해바라기 씨앗처럼 촘촘하게 자라며
아버지의 큰기침으로
바스락 바스락 꿈이 영글던 날
꿈으로 쌓아올린 고추자루는
빈 곳간의 먼지로 떠돌았고
붉은 한숨만이 멍울로 내려앉았다
시름에 겨워 고추 배를 자르던 가위를 안고
매운 내음이 그리워 자리에 누운 어머니와
하염없이 울분의 잔을 비우시던 아버지
늦가을 마당
끝없이 펼쳐진 절망을 쓸어안으며
땅속 깊이 내려앉던 내 어깨는
차마 울음조차 크게 울 수 없었던 뼈마디 저린 슬픈 기억
이제

실하게 여문 사남매의 텃밭에
아슴아슴 가슴을 앓던 시간들이 추억의 이름으로
저마다 붉은 씨낭을 터트리고 있다

이별

김경숙

사랑을 할 때는 모릅니다
당신이 내게 얼마나 착한 그림자인지를
마음의 심연에 소망으로 봉한 병 하나 띄워 놓고
희망의 씨앗을 키워내는 이국의 선원처럼
스스로 뿌리가 되고 열매가 되는 그리움이
바로 당신인 것을
십자성의 슬픈 노래가
후렴도 없이 야위어가고
달의 유혹으로 바닷물이 빠지듯
사랑이 끝나고 난 후에야
아 아
그때 진정 알았습니다
이별이 기쁨의 편지에 곁들여 온
첨부파일이었음을

밀레리발관

김경숙

버스가 지나는 비포장 도로
가파른 중턱에 먼지를 뒤집어 쓴 채
비스듬히 누워 있는 밀레리발관
녹슬어 반쯤 없어진 처마 밑 물받이 위로
눌러 앉은 고립의 무게
망망대해를 떠돌다 안착된 무인의 섬
숨넘어가는 천식을 견디다 못해 몸이 뒤틀린
소나무 사이로
음산한 곡성을 일으키는 바람이 불면
펄럭펄럭 자유를 찾는 함석 입간판의 빨간 낱글자 '발'
손님이 끊긴 낡은 이발관을 홀로 지키는
아랫니가 빠진 밀레가 기도를 시작하는 노을이 일면
가지못할 고향의 서러운 하늘 위를
낮게 비행하는 기러기의 슬픈 영혼

인연

김경숙

누웠다 일어서는 것은
전생에 지은 허다한 죄의 원심력
풀어헤친 머리 위로
굶주린 저녁새가 목청을 높이는데
여태도 못잊을 첫사랑의 입맞춤
바람은 쉼 없이 강가를 배회한다

속살거리는 강줄기따라
옷고름을 푼 달이 가슴을 허락해도
이생에서조차 맺을 수 없는 목메인 인연
누우면 일어서고 일어섰단 또 다시 드러눕는
바람과 억새의 엇갈린 열정
눈물은 별이 되어 어둠 속에 걸렸다

노숙자 2

분노의 착시현상도
희열의 시행착오도 아니었다
가득 물이 담긴 통에 발이 묶인 채
온종일 비틀거림은
텅 빈 속내가 여지없이 드러나
그대로 주저앉을 수 없었던 까닭이다
두 손이 자유로운 것만으로
다시 일어설 충분한 이유
춤을 추려는 게 아니었다
중심을 잡으려고 몸부림치며
바람의 농간에 온 몸을 긁적이고 있는 것이다
세상은 녹록치 않고
보이는 것 모두 간사한 위태로움이지만
땅에 엎디어 통곡으로 보내지는 않으리라는
창창한 오기로 다시 일어서는 간절한 몸짓
나는
신장개업 행사장 앞 도로변에서
찬란한 자유를 소유한 낭인의 모습으로
단지 터지는 일만 남았을 뿐인 마른 몸의
바람풍선이다

김경숙

천도제

김경숙

그 때
절 마당 너머 펼쳐진 바다 위로
비릿한 아침햇살이 몽롱한 의식의 바닥을 조롱하듯 한들거리고 있었다
불에 넣으면 단 한순간도 그냥 있지 않겠다는 듯 버석거리는
나이론 상복을 조여매고 빈 눈동자만 굴리고 앉아 있던 시간
금강반야심경을 외우는 주지스님의 청아한 음성이 길게 이어지던 법당에는
죽음보다 깊은 연륜이 삶의 뒷장을 넘기고 있었다
마산시 구산면 수정리에 계신 차디찬 법당의 자애로운 부처님과
머릿수만 가득 메운 거나한 슬픔이
제를 드리는 순번에 의해 아들과 딸로 불리워지고
며느리와 사위 조카와 손주의 호명으로 이른 아침 바다를 흔들고 있었다
제를 마치고 몸살 난 암코양이처럼 흐느적거리며 타오르는 망인의 옷자락이
도반의 한 귀퉁이를 채울 때
재를 남기고 연기로 사라지는 역할극을 마친 망자를 배웅하고

해송이 침묵으로 떠있는 창가에 자리를 틀고 앉아
저마다 입속으로 우적우적 절밥을 삼켰다
살아 남은 자의 미안함과 오만함이 어우러진 입 안으로
색색의 나물이 한데 엉키어
마른 목젖을 아우르고 있었다

공중전화 앞에서

김경숙

　한쪽 모퉁이가 함몰된 공중전화부스 안에서
　초로의 여인이 눈물을 훔치고 있다
　수화기를 든 하얗게 질린 손등 위로 오후의 햇살이 조
각 모음을 하고 있다
　주머니에 손을 넣고 심드렁한 얼굴로 차례를 기다리는
여학생의 긴 머플러가 허공에서 그네뛰기를 한다
　말이 필요 없는 적막 속의 통곡이 서둘러 막을 내렸고
　하얗게 센 귀밑머리를 쓸어 올리며 부스를 빠져 나오는
여인의 눈에는
　지워지고 번진 마스카라가 이리저리 물꼬를 튼 채 흐르
고 있다
　텀벙대는 굴곡의 세월을 반백은 살아옴직한 삶을 가장
하지 않은 진솔한 모습
　무슨 일로 어떤 이와 무엇을 이야기 했음인가
　한쪽 가슴을 손으로 억누르고 휘적휘적 걸어 길을 건너
는 여인을 눈으로 뒤쫓으며
　까르르 숨이 넘어가는 여학생의 통화음을 듣는다
　조금 전의 울음이 진득하게 유리 가장자리에 붙어 말라
가는데
　어떤 일로 누구와 무엇을 이야기함인지
　손을 흔들고 발을 구르며 웃어젖히는 소녀의 청량음은
싱그런 교향곡이다

누군가 기쁨의 만종을 울리며 끝도 없이 내달리는 메아
리가 될 때에
또 누군가는 갈빗대가 저리는 아픔의 곡절이 운무가 되
어 하늘로 스며드는
아무도 없는 공중전화부스 안에는 동전이 목에 걸린 수
화기가
오래토록 긴 신호음을 울리고 있었다

눈길과 눈길

김경숙

또래 건달에게 맞아 볼이 통통 부은 채
'엄마~' 소리조차 크게 못하고 들어오는 아들
눈길 위를 걷다가 눈길이 마주쳤다는 이유로
반은 넋이 나가게 맞은 자식을 품고
소리도 크게 내지 못한 목울대로
꺽꺽 아픈 쇳소리만 내었다
너는 이 아이를 위해 무엇을 해 줄 수 있느냐
나는 이 아이를 위해 목숨도 내어 줄 수 있는데
내 모든 것을 다 걸고 사랑할 수 있는데
너는 찬바람에 옷자락 한귀퉁이 내어줄 수 없으면서
모진 주먹을 휘둘렀단 말이냐
밤새 앓는 아이를 들여다보다
새벽녘
채 꺼지지 않은 불빛 따라
두 눈을 치켜뜨며 일어서는 슬픔을 쫓는다
자식의 아픔이 서러워서 아니라
사람이 사람으로 인해 받은 상처가 너무나 아파서
눈물이 났다
잠든 아들의 발을 붙든 채
실핏줄 하나 하나가 일어서는 설운 울음을 터트렸다
밝은 해가 뜨기 시작하는데
마음의 휘장 뒤에는 이미 해가 지기 시작했다

빈자리

아침식탁에 무심결에 놓은
네 벌의 수저
몇 날을 집을 비운 그리움이
꿈꾸듯 빈자리를 메운다
수학여행길 달뜬 음성으로
잘 있노라 안부의 전화를 받았건만
생각 없이 놓은 아이 몫의 수저가
절실한 보고픔으로 되돌아 오는 시간
산란한 가지로 곁에 있을 적엔
떨어짐이 그리울까 막연했는데
물 먹은 나무처럼 한량없이 자라
서서히 자립의 봇짐을 꾸리는 모양을 보며
내 가슴 안 촛농이 그 끝을 높인다
무심코 놓아버린 또 한 벌의 수저처럼
생각 없이 사랑하게 된 못난 내 습관은
죽어도 고쳐지지 않을 외사랑이다

고구마

김경숙

대천바닷가를 다녀오던 길
고속도로 진입로 좁은 좌판에서
허름한 그리움을 만났다
구멍이 술렁술렁 뚫린
플라스틱 망바구니에
솥에서 갓 쪄낸
요들송의 곡조처럼 김이 오른 고구마
가던 길 접고
뒤적뒤적 추억을 골라
잘 무른 속살을 베어 무니
빈 마당에 나즉하게 엎드린 가을햇살과
볼이 부은 채 감나무잎을 흔들던 바람
다알리아꽃 속살을 드나들던 꿀벌들의 춤사위가
한꺼번에 손을 잡고 일어서는 느낌
후미진 황토밭으로 가을이 지나면
함지박 가득 이삭을 주워오던 당숙모 치맛단을 잡고
후적후적 겨울이 들어서던 아련한 기억

책

큰 길에서 돌아 누워
외진 골목 안
외등 하나 의지한 수북한 먼지내음
이름만은 자연서점
유년의 끝은 돌고 돌아 늘 그곳에서 발을 멈춘다
목소리 간드러진 뚱뚱한 안주인
선반 위의 책 까치발로도 감당 못해
건들거리는 사다리로 곡예를 하던 곳
윤동주를 알기 전에 괴테와 악수하고
만해를 읽으면서 미우라 아야꼬의 품에 안긴
내 홀로 묵었던 환상의 섬
바람소리 가득한 유년의 뜨락에는
어둡고 퀘퀘한 헌 책방 자연서점은
별이며 꽃이며 무지개였는데
오색전등 화사한 중년의 마당
정갈하게 쌓여가는 새 책 위에
허옇게 먼지를 앉히는
게으른 사다리
오늘은 그 위에 내가 서 있다

낙엽

김경숙

내 얼마나 가벼워져야
너처럼 훨훨 날아 갈 수 있을까
비워내고 드러내어
온통
부서지는 일만 남은
수도자의 모습으로
바람에 몸을 맡긴 처연한 네 모습
나는 언제쯤이면
욕심과 열정을 비워내고
평온하며 건조하게 잠잠해질 수 있을까
내 얼마나 더 겸손하여야
요란하지 않게 고우며
소란스럽지 않은 순연함으로
땅 위에서 땅속으로
잦아듬을 배울 수 있을까

유년의 그 집 앞

금 간 장독대 사이로 햇살이 들면
누이들의 웃음소리 까륵까륵 반짝이던
지금은 서늘하게 문이 닫힌 그 집 앞
유년의 깃발은 희미한 기억 속에서
스러질듯 담장에 기대어 있는데
귀에 익은 바람이 문을 흔들고
낯선 문패에 눈이 시리다
드문드문 수통 언저리에 남아 있을
유년의 내 지문은 화석이 되었고
어머니의 기침소리
섬돌 아래 켜켜이 이끼로 남아있는 곳
아버지도 가시고
어머니도 가시고
형제들도 낱알처럼 흩어져 살지만
그 시절 그 집 앞 휘어진 골목길에는
부모님의 그윽한 눈길과 발자욱
아련히 남아
세월의 빗장을 열어 울먹이게 한다

김경숙

이정석

• 아호 : 청송
• 1957년 3월 22일, 충북 괴산 칠성 출생
• 《문예사조》 신인문학상 수상 (시 부문) 등단
• 제7회 바다문예대전 수상 (시 부문)
• 제8회 바다문예대전 수상 (시조 부문)
• 시인과 문학 시문작가
• 한국문예사조협회 회원
• 한국바다문인협회 회원
• 시화전 〈시와 그림이 있는 풍경〉 시화전 초대 출품
• 〈김삿갓 문화 큰잔치〉 시화전 초대 출품
• 2007년 서울문화재단 후원 시화전 출품
• (현) (주) 정석타워 이사

• 시집
《내 허락 없이 아프지도 마》, 《강물위에 띄운 편지》,
《솔숲에 일렁이는 바람소리》, 《숲으로 난 길》 (공저)
• 시화집
《시와 그림이 있는 풍경》 (공저)

시작 노트

나는 건설현장에서 일을 하면서 시를 쓴다.
"말없는 농부가 이름없는 충신"이라고 하듯이
건설현장에서 땀 흘려 일을 해 부지런하게 살면서도
대우 받지 못하는 많은 건설 근로자들의
진솔한 삶의 모습을 그림을 그리듯 시로 쓰고 싶다.
모든 것이 거칠어 정을 줄 수 없는 건설현장 언저리에서
긍정적인 생각과 열정으로 다가가
따뜻한 마음의 정을 나누고 전할 수 있다면
그것으로 족하다.
건설 현장의 탈출구가 되고 그들이 못 다한 말을
읽어 내려가는 것을 사명으로 알고 시를 쓴다

포장마차에서

이정석

번지수 없는 문패를 달고
하루해가 저무는 포장마차
분위기에 휩쓸려
자욱한 담배 연기 속에서 술잔을 기울인다
가락국수 한 대접에
서로의 마음마저 훈훈하게 덥혀지고
쭈그러진 물주전자 끓어 넘치면
희미한 불빛 아래
뭇 이야기는 세상 안개로 풀린다
세상은 돌고 돈다고
다람쥐 쳇바퀴 돌 듯
그렇게 오늘을 살았으나
내일은 또 어떤 하루가 나를 맞을까

채송화

큰 키에 가려 보일똥말똥
수줍어 잔뜩 웅크린
화려하지 않아도 눈길 사로잡는
채송화 한 포기

슬며시 다가서서
키 큰 봉선화를 밀쳐본다

고운 미소로 나를 반기는
예쁜 꽃망울

문설주 가까운 곳까지
진한 향기로 날아들어 투신하는
저 가냘픈 자태

기다림

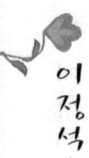

간밤에 내린 봄비
잠 설치도록
온밤을 귀엣말로 속삭이더니
개나리 피우고 목련꽃 깨워
환하게 불 밝혀 놓았네.

온다던 야속한 임
아직도 소식 없고
오늘은 행여 오실까
대문마저 활짝 열었는데

한 곳에 머물지 못하는 이내 시선
마당 가로지르고 담장을 너머
자꾸만 먼 길까지 바라다보네.

서릿발

그리움에 떨며 온밤을 지새다가
아침이면 눈 비비고 일어나
햇살 아래 녹아내려
아스라이 모습을 감춘다
한순간 찬란한 기쁨으로
한순간 찬란한 슬픔으로
따스한 햇살을 팔베개 하고
이내 고이 평화롭게 잠들고 만다.

미시령 카페

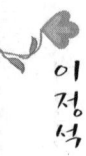

벽난로엔
주전자 물이 끓고 있고
나무 장작이 타는 알싸한 내음 위에
산 속의 초겨울 밤이 깊어 간다

타는 장작을 바라보면
나도 장작이 되어 활활 타고 싶다

약수로 달인 한약차 한 잔
당귀 감초 향기가 커피에 길들여진
나를 망설임 속에 일깨운다

이 밤 겨울로 가는 마차를 타고 가면
부활하는 언어가 되어
길은 멀리 있는 그리움으로
어디쯤에선가
기다리는 램프가 되어 끝날 것이다.

재회의 그날까지

이
정
석

적막한 밤하늘에
별들의 속삭임 들으려
옹기종기 모여드는 긴 겨울 밤
차갑고 흩어진 마음들이
따끈한 커피 잔에 스며들어
더 큰 그리움을 만들고 있다

공허감 속에 달아나는
내 마음
임의 모습이 눈동자를 가득 메우며
보고픔으로 가득 찬다.

편하게 쉴 곳 없는
내 마음 갈 곳 몰라 구르는 낙엽처럼
정처 없이 몰려다니는 구름처럼
마음은 허공을 떠돈다.

만나자는 약속도 없이 헤어졌다
언젠가는
만날 수 있으리라는
기다림 속에 오늘을 인내하자
재회하는 기쁨의 그날까지

모닥불처럼

이
정
석

찬바람 부는 겨울의 건설 현장
모닥불 주변에서 웅성거리며
언 손과 무겁던 마음을 녹이며
복잡한 생각들을 잠깐 내려놓고
활활 타오르는 모닥불 같은 정담 속에
아침의 행복이 머물고 있다

입김이 하얗게 흩어지는 추위에
일을 해야 하는 서글픈 건설 근로자
움츠려드는 몸에 기지개를 켜며
누가 시키지 않았는데도 각자의
배치 받은 팀으로 돌아가 일을 한다.

직업에는 귀천이 없다는 말같이
고르지 못한 삶 속에서 열심히 사는
건설 근로자들은 힘겨운 일 속에서
즐거움과 행복을 느끼며 힘차게 살아가는
그들을 보며 모닥불 앞에 다시 모여
환하게 웃을 수 있는 작은 행복이라도
늘 함께 머물러 주길 바람 해 본다

별빛 아래서

이 정 석

어둠이 짙어질수록
밤을 지키는 별은 빛나고
젖은 눈동자
임의 눈동자에 겹쳐놓는다.

흘러가는 고요한 시간 속에
짙게 깔리는
별빛 같은 임의 형상
애틋하게 그림자로 다가온다.

구름을 빠져나오는 달 따라
숨어 오시려는가.
문밖에 세차게 부는 바람에 밀려
어두운 길 조심조심
구르는 낙엽을 밟으며
사뿐 내려앉으시려나.

임을 기다리는 밤은
허공 속을 헤매며
기다리다 지쳐 애태울 때
신새벽을 알리는 닭이 운다.

임의 영상

이
정
석

석양의 붉은 노을 속에
밀려오는 임의 영상

안타까운 소용돌이 속에
맴돌다 멀리멀리 사라진다.

희미해지는 어둠 속에
아련한 임 그림자
단절된 안타까움이 쌓이고
보고픔 짙어지는 임 얼굴

내 마음속에 곱게곱게
빛나는 별빛 같은 채색을 하련다.

건설 근로자의 하루

아침 일곱 시에 시작되는
힘들고 험한 일
재개발 재건축 많은 현장에서
건설 역군이란 자부심으로
긍지를 갖고 일을 하다가도
세상 불공평에 짜증도 난다

기다렸던 새참 시간
땀을 닦으며 잠시 휴식하며
음료수에 목을 축이고
따듯한 정담을 나누다가
또 반복되는 일을 시작한다.

안전제일이란 현수막이
큼지막하게 표어를 걸어놓고
'웃으며 출근한 길 웃으며 퇴근하자' 라는
안전 표어가
소슬바람에 웃으며 춤추고 있다

힘들고 고단한 퇴근길
포장마차에 들러 한 잔 술로
스스로를 달랜다.

재건축

이정석

허름한 삶의 터전을 허물고
주거환경 개선이란 명목으로
아파트를 짓는 재건축 현장
원주민은 보이지 않고
외부인만 설쳐대는 투기현상

부동산을 재산증식의 장으로
한목 챙기려는 투기의 현장으로
변모해 가는 현실이 가슴 아프다
재건축이란 검은 가면을 쓰고
서민을 울리고 웃긴다.

시행 때마다 붉어지는 불신임과
믿고 살던 주민들의 아귀다툼
진정한 재건축은 이 모습이 아닐 진대
웃으며 살 수 있는
안락한 주거문화는 어디서 찾아야 하나

징검다리

졸졸 물이 흐르는 냇가에
일곱 개의 징검다리가
사이좋게 어깨동무하고
물속에 나란히 앉아 있다

냇물에 비친 내 얼굴
여울물 속에 예뻐 보이는 것을
질투한 미꾸라지 장난에
흙탕물 속으로 사라진다.

학원 가는 지름길
징검다리
나는 네가 좋아
날마다 너를 밟고 다니며
정겨운 콧노래를 부른다

만추

이
정
석

일렁이는 황금 물결
허수아비 춤을 추네

누렁소 한나절 울음에
메뚜기도 놀라 날고

조롱박
내 놓은 엉덩이
용마루에 거는 오후

무더웠던 감나무
한 잎 한 잎 옷을 벗고

땀 젖었던 속옷마저
빨랫줄에 널어 말리면

불처럼
단풍 번지며
하늘 성큼 높겠지

임 오는 소리

고개 빼고 기다리는
덕 아래 달개비꽃

축축한 빗방울에
두귀 쫑긋 귀울리면

똑 똑 똑
낙숫물 소리
나귀 타고 오시는가

이정석

남여울

- 충북 진천 출생
- 《문학세계》 신인문학상 수상 (시 부문)
- 세계 문인협회 회원(한국지부)
- 한국 문인협회 회원, 세계 시낭송협회 회원
- 한국바다문인협회 회원
- 2006년 난고 김삿갓 문화큰잔치 시화전 초대 출품
- 2006년 서울매트로 시화전 초대 출품
- 2007년 서울매트로 시화전 초대 출품

- 시화집
《시와 그림이 있는 풍경》 (공저)
- 시집
《향기 나는 편지》,《우리가 나무가 되어》,《낮은 음계》,
《그리움이 고이는 호수》 외 다수 (공저)
- (현) 자유기고가

시작 노트

살아 있다는 것 영원하지도 않고
한 줌 흙이 되기 위해 살고 있다는 것
얼마나 시리고 아픈가?
최악의 절실과 결과를 잊어버리자
가슴에 대인 기억도 잊어버리자
저 빛만 보면서 간수한 사랑을
마르지 않게 지키면서 나의 시詩를
나의 전신全身으로 알고 팽팽하게 긴장하고
때로는 느슨하게 쉬면서 놓치지 않고
쓰고 있을 따름이다

나의 주위를 맴도는 수많은 단어들
그 단어들은 나만을 바라보며, 하늘에 펄럭이고
발뿌리에 채이며, 꿈속에서까지
집요하게 나를 따르며 선택의 갈망으로 들떠있다
갈고 닦아 나의 것으로 하여 사랑의 단지 속에
곰삭게 하리라.
소중한 나의 것으로 꺼내 쓰기 위해서일 것이다.

○의 벌판에서

남여울

어느새 ○의 벌판에
나뒹굴게 된 작은 조약돌인가 나는

살을 조금씩 들어보면
어디일까 잡풀 한 포기
새소리조차 들리지 않는
허허한 눈 벌에 맨발로 닿아 우뚝 섰다

에고의 문 조금 열어 먼 지평 안아 보면
우주 한 모서리 한 줌 바람이던가 나는

태초의 카오스에서 비롯한
한 혈점으로 표표히 머리카락 나부끼며

○의 지점에 빈손으로
이렇게 닿아 섰는가 나는

132

살아나는 정물

오지시외

원시적인 마을 풍경 위로
휘트먼의 '요논디오'가
낭낭하고
답답이 숨 쉬던 수풀이 칙칙한
근육을 풀고
순하게 생긴 처녀
봉긋한 젖가슴에서
눈썹달만한 사랑이
짜르르 피돌기를 한다
시각은
뙤약볕 살벌한 한낮
너는 그곳에 없고.

외사랑

남여울

부르는 것이 아닌
부르지 않는 것에
똑바로 서지 못하면서
거꾸로 버티지 못하면서
넘어지는

흘러가는 바람에
던져 버려도
호흡 속에 더러 긴 한숨으로
토하는
장밋빛 팬터마임 같은

웃음 벗으며
몇 밤을 잃은 지도 쌓여 가거늘
햇살 등져
늘 젖어 있는
이끼 같은.

134

수숫대의 달빛

어느 저문 날
영의 들판으로 빈손 빈 마음으로
휘적휘적 서西로 가는 마른 수숫대를
만난 적이 있는가

저문 계절을 서걱서걱 딛고 가는
엉성한 수숫대의 맨발

수숫대가 거느린 달빛 레이스를
외면할 수 없었다네 눈물이 고여.

수숫대에 서걱이는 마지막 말
나머지 가슴의 말

그것은 바람의 껍질이던가
그것은 허무의 그림자던가

시인의 더듬이

딱정벌레의 남루한 날개는
시대의 푸 섶에 가려두고
두 개의 예리한 더듬이만 하산下山시켜야 하네.

더 아늑한 생의 한복판에
날아 닿기 위하여
이슬 끝 풀벌레처럼

쉬지 않고
만년설의 고통 속에
기나긴 어둠 속에 눈물 속에

칼끝 같은 더듬이를
찔러 넣을 줄 알거라

겨울 외출

등지느러미가 몹시 아프다
밤새 목적지도 모른 채
숨차게 거슬러 오른 곳,
어디쯤일까
아슴푸레 시선이 멎은 곳엔
물살에 허리 꺾인 물풀들
새벽 바람에 설잠을 털고
다시금 긴 강줄기를 따라나선다
마지막 어둠을 찬물에 헹굴 때
어디선가 다가든 은빛 물고기떼,
거센 물살을 헤치며 나는
힘차게 지느러미를 내젓는다

마른 잎

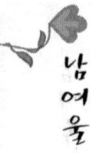
남
여
울

들풀의 헤진 뒤꿈치를 물고
바람의 발끝에 이리저리 채이는
언저리로만 흐르는 우리는
겨울의 정수리에 둥지를 틀고만
미처 못 떠난 철새
오늘도
허기진 낮달로 떠오른다
겨우
시침질만 해 놓았을 뿐인
우리의 웃음은
예고도 없이
자주 정전이 되고
죄다 터져버린 어둠의 솔기
물구나무 서서 안아야 할
잘 여문 어둠의 젖가슴
말라버린 꿈의 대궁이를 꺾는
손끝 떨리는 이 피곤함
잠을 자고 또 자도
잠들 길 없는
내 아득한 불면의 강줄기 거슬러
그래도
봄으로 가는 꿈 한 톨을
묻어 볼 수밖에.

그 해 겨울

그 해 겨울엔 눈 한 번 내리지 않았다
등을 곧추 세운 바람만 허공을 가로질러
이 빠진 창틀을 무섭게 흔들었다
다시는 돌아올 수 없는 곳으로
아버지 떠나시던 날 밤
밤새 가위에 눌려야 했다
늘 가난했던 아버지
죽음으로 모든 걸 판셈하고
정말 자유로와지셨는지
아버지의 삶을 비웃듯
아침 햇살은 언제나 눈이 부셨고
구름이 우리들 야윈 그림자 위를 서성이면
당신의 눈빛 닮은 서러운 하늘을
배부르도록 쳐다만 보았다
그 해 겨울이 다 가도록
하얀 눈 한 송이 내리지 않았고
남은 식구들 가슴에 걸린 동상은
오래도록 아물 줄 몰랐다

좁은 방

남여울

슬픔으로 자욱한 공간었다
탁자 아래 낮게 엎드린 방바닥은
내 의식만큼의 지구였는데
그곳은 너무 황폐하여
풀 한 포기 자랄 수 없었다

젖은 시간으로부터 벗어난
일렁이는 정적만이 이리저리 떠다니고
불시에 찾아들던 어둠의 향기

혼미한 의식의 너울 한 점 구름으로 떠 있는
덜 죽은 자의 하늘을 바라볼 때면
적막한 방문 앞에 마른 잎만
차곡차곡 쌓이고 있었다

기도

일어날 때의 기도와
잠들 때의 기도가
둘이 아니게 하소서

내쉬고 들이쉬는
숨결 숨결마다
사랑 보풀게 하소서

마음속 염원과
몸 밖의 이행이
여일하게 하소서

죽음의 순간이
내 몸에 생명이 잉태한
그 순간과
계합繼合되게 하소서

사랑을 위하여

이젠
기다림?
얼마나 아름다운 깃발인가를 안다
오늘도
고통의 물살이 가장 센 곳으로
청대콩처럼 휘익
온몸을 뉘이고
더 작아지기 위해
눈을 감는다
지나온 많은 간이역들
다소곳 수그린 골짜기
살결이 거치른 목덜미마다
무심히 피어 오르던
잡초들
그만큼 욕심 없어지기 위해
무명의 내 이름조차 내려놓으리
언젠가는
백제의 순장당한
참 작고 고운 여인의
희고 단단한 어금니처럼 남아
몇 천 년 뒤에도
썩지 않는
한 톨 눈물로 남으리

캘리포니아를 꿈꾸며

남여울

젖빛 안개가 자욱한
새벽이면 더욱 좋을 거야
불면의 밤을 이례쯤 보내다가
창틈으로 비집고 들어서는
햇살에 온몸이 파르르 현기증이 날 때
숨쉬기조차 버거워질 때
그때 차를 달려
은비늘이 파닥이는 해안선을 따라
캘리포니아로 가면 되지
껍데기는 벗어 던지고
적당한 화냥기로 세월을 숨기고
부어 넘치지 않는
계영배 하나 가슴에 품고
이승에서 견딜 수 있는 만큼의
진한 그리움을 충전할 거야
가는 곳곳 눈에 불을 켜고
발목을 잡는 감시 카메라쯤
비웃음으로 날려 버리고
능소화 줄기처럼 뻗어나가
꽃잎 같은 주홍글씨
가슴팍에 새겨 와야지
그럼 누가 나에게 돌을 던질까

찔레꽃

남여울

앞산 정수리에
기웃대는 하얀 달빛

여린 꽃잎에
곱게 살펴두고
눈시울 붉히는
오월의 새벽

여태도 밤마다
산기슭에
눈물 자락 걸어놓고

풀잎이 털어낸
이슬이라고.

현絃

걸으면 걸을수록
산은 멀어져 갔다
간신히 산의 초입에 이르렀을 땐
벌써 어둠이 내리고 있었다

산은 바람으로 초목을 키우고
초목은 전신을 으깨어
녹음을 덧칠할 때
나는 무엇으로 사유를 키웠던가

외마디 비명마저도 버거운
초라하고 헐벗은 영혼이여

마지막 절규 같은 삶의 현絃을
길 위에서 퉁겨보지만
거기 무슨 울림이 있겠는가

붉게 타오르는 노을처럼
한 시절 더 달구어져야 하리

이용희

• 청주 출생(62)
• 충북 대학교 토목학과 졸업
• 〈시와 그림이 있는 풍경〉 시화전 출품

• 시집
《강물 위에 띄운 편지》, 《숲으로 난 길》 (공저)
• 시화집
《시와 그림이 있는 풍경》 (공저)
• (현) 현대자동차 영업부 근무

시작 노트

그저 꺼내 보고만 싶었다
오랜만에 서랍 정리하다가
한동안 까마득히 잊고 있었던
물건을 발견하고
소중히 주머니에 집어넣는 그런
즐거운 횡재를 맛보고 싶었다.

나도 모르게 지나쳤을지 모를
나의 재주나끼 중
혹시 쓸 만한 것이 있을까 싶어
몽땅 쏟아 붓긴 했지만
건질 만한 것이 있는지는 세월에
맡겨둘 일이다

귀중한 청자, 백자들을 담는
보물 상자에 질그릇 같이
투박한 글을 같이 담는 것이
몹시 미안하고 부끄럽지만,
퇴고는 두고두고
평생토록 하는 것이라는
최영호 시인님의 말씀을 위안 삼아
미처 다듬지 못한 거친 언어의 조합들일 망정
함께 넣어본다

칠순 날

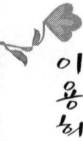
이용희

아버님 칠순 날
일가친척 모두 모인
즐거운 잔치

케이크 자르고
노래를 부르고
시도 지어 바치네

육 남매 잦은 말썽에
까맣게 타버린 숯 가슴
이젠 활짝 펴시고
평생 지고 오신
가문의 멍에도
훌쩍 던져 버리시고

부디 오래오래 사십시오
함께 올린 큰 절에,

너희를 못 먹인 게 한이다
눈물 훔치시는
큰 사랑

148

노트북

노트북은 나의 심부름꾼
거북 등 같은 자판을 두들기면
그때마다 나를
망망대해로 인도한다

정보의 천국을 지나
지구 반대편 메일 나라까지
모르는 게 없는 마당발

힘겹거나 아플 때면
좋았던 일들 모두 잊은 듯
뚝 하고 시치미를 떼기도 하지만

인생의 고락을 언제나 함께하는
소중한 나의 동반자

이
용
희

뒤로 걸어가는 길

이용희

사람은 앞을 보고 산다지만
인간 된 몸으로
앞만 본다는 것이 어찌 쉬운 일이랴

미래를 예측하는 건 신들의 영역,
가끔은 뒤도 돌아보고 살아가자

밤바다의 선장이
별을 보고 항로 잡듯
지나온 길 돌아보고 앞길 정하자

불의의 주행사고로 죄인 되어
속죄하며 뒤로 걷는
저 동냥할배

나의 무모한 인생 주행은
몇 사람이나 다치게 했을까

국화주

살짝 말린 국화 꽃잎은
서문경 꼬여내던 이병아의
요염한 혓바닥

예쁜 네 모습 어디에
남정네 마음 홈치는 묘약이 들었느냐

차가운 이슬 맞아 냉정해진 입술
하늘 향해 입 벌리고 태양을 삼킨
네 꽃즙은 천국의 눈물이다

눈물 한 잔에 소쩍새
또 한 잔에 내 누님
마지막 잔엔,
작년에 가신 할머니

술병은 기어이 쓰러지고
국화는 그렇게 다시 태어난다

이용희

고향 단상

동네 휘돌아 흐르던 개울둑엔
허기진 이들의 저녁거리
애호박이 뒹굴고
측후소 앞 기온측정기는
동네 꼬마들 장난감이었다

경운기 부품은
왜 그리 구하기 어려웠던지
꼬부라진 연결 봉에
위태롭게 매달려가던 경운기 수레

허강이란 죽마고우는
강원도 어디 산다는데
다시 만날 수 있으려나

옛 정취 간데없고
아파트 숲으로 변해 버린 곳,
이제는 세무서가 들어서서
어린 시절의 추억을 징수한다

푸른 풀은

봄이면 어김없이
연두색으로 산을 색칠하는
풀

청초한 그 빛깔로
생기 한껏 불어 넣네

산을 산으로 만들고
산을 산으로 가꾸는

저 푸른 풀은
화장품이다
화려한 야회복이다

첫눈

이용희

문풍지 우는 새벽
방문을 연다
밖은 온통 은빛 세상

월동준비 못한 목련나무도
삭풍에 밤새 울던 소나무도
하얀 모자 하나씩 눌러 썼다

첫눈이 내리면
전화하고픈 곳 있었는데

불현듯 떠오른 그리운 얼굴

하얀 입김 불어
유리창에 써보는
그리움 석 자

기차

기차는 철길을 나는
한 마리 날랜 용

오색찬란한 여의주 대신
쇠바퀴 움켜 쥐고
번개처럼 빠르게 난다

뜨거워라 사랑열차
고적하여 야간열차
청운의 꿈 청룡열차까지

사연 따라
가지가지 이름표를 달고
오늘도 기차는
힘차게 철길을 난다

바다

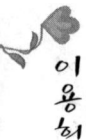

이용희

걷잡을 수 없는 파도로 밀려와
물거품처럼 멀어져 가는,

그 깊은 속 들여다볼 수 없어
속절없이 애만 태우는,

여자의 마음

삼각산 숨은 벽

여기는
천국으로 오르는
마지막 계단

금방이라도 저 푸른 하늘로 인도할 듯
가파른 경사로 우뚝 서

엎드려 낮은 자세로 엉금엉금 기어야 하는
미끄러져도 또다시 오르고야 말
집착의 벼랑

그 이름
삼각산
숨.
은.
벽

목련

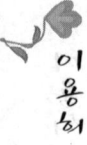

아직 겨울의 체온 코끝에 머무는데
털옷 비집고 뾰조록이 고개 내민 채
몰아치는 찬바람 속에서
꼿꼿이 볕을 모은다
봄이 오면
고운 연등처럼 피어날 꽃
그 자태 사뭇 결연하다

고지의 밤

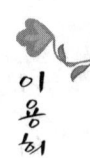
이용희

고지는 높아 하늘 찌르고
사기는 떨어져 땅에 구르는데

고지를 탈환해야 할 운명의 밤
술기운 빌어 용기 내어 보지만 역부족이다

아련히 떠오르는 어머니 얼굴
올망졸망한 동생들

결연히 앞장섰던 선임하사가 돌아온다
고지는 텅 비어 있더이다

살고자 하면 죽고
죽고자 하면 살리라 했던가

절권도관에서

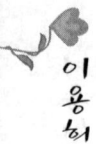
이용허

땀내 뒤섞인 열기 속
긴장된 절권 수련

둥! 하는 힘찬 구령에
손이 날고 미트가 튄다

전광석화 같은 발경에
뼛속까지 파고드는
통증

보라
비워냄에서 뿜어져 나오는
허.
허.
실.
실
십자경의 위력을

장미는 시들어도 아름답다

시들어가는 장미 한 송이에서
옛 추억을 회상한다

홀연히 내 곁을 떠나간
장미 같은 소녀

장미는
그 이름만으로도 아름답다

꼭 한 송이만을 고집하던
지금쯤 어디선가 아름답게 시들고 있을
내 마음속의
아름다운 한 송이 장미

박숙경

- 한국바다문인협회 회원
- 경북 군위 출생
- 제9회 바다 문예대전 수상 (시 부문)
- 시화전 〈난고 김삿갓 문화 큰 잔치〉 초대 출품
- 시화전 〈시와 그림이 있는 풍경〉 2회 출품

- 시집
《강물 위에 띄운 편지》,《숲으로 난 길》(공저)
- 시화집
《시와 그림이 있는 풍경》(공저)

시작 노트

6년씩이나 터울 지는
세 아이를 핑계 삼아
자신을 꽁꽁 묶어 둔
스무 해의 시간

무명 실타래를
한 올 한 올 풀어내듯이
묶인 매듭을 이젠 풀고 싶다

눈을 감으면
더 선명하게 다가서는 사람들을
가슴으로 안는 마음으로
달팽이 걸음으로라도
뒤따르고 싶어

돋을 별 찬란한 아침을 기다리며

태복산 가는 길

박숙경

좁다란 길옆 남새밭에
어느새 훌쩍 키만 커버린 상추
내년 봄을 벌써 꿈꾸느라
무리 지어 노랗게 피었네

뱀딸기 수줍은 듯
발갛게 서넛 낯빛 붉히며
웅크리고 앉아있는 산 어귀로
솔바람 한 줄기 지나가면
연보랏빛 싸리꽃이 아늘대며 반기고

탈상 전 어머니 무명저고리 옷고름같이
긴 한숨으로 피어났던
길섶의 찔레꽃들이
하얗게 속울음 삼키면

낙엽 지기 전까지
열매 맺어야 한다는
그 약속 지키려고
오불고불한 산길에 아삼아삼한 기억들이
오버랩되는 사이

봄의 유혹

연둣빛 파스텔로
그리운 가슴에
금호강변 수양버들을
그려 넣고 싶어

연분홍 물감으론
내 가슴도
살구꽃처럼 피어나게
사랑을 나타내고 싶어

사느라 무뎌져만 가던 마음에
뜻밖에 마주한 따스한 입김 하나
얼음장 같은 내 가슴속을
휘저으며 흐를 때

아금받은 모습으로
늦깎이 인생의 출발선에 발맞추는
내 등 살며시 떠밀어 주는
봄볕같이 그댈 간질이고 싶어

비바람 몰아치는 어느 봄날에

박숙경

천둥 번개 동반한 비바람이
아마도 방향을 잃은 게지
컴컴한 한밤중보다 더 무섭도록
불벼락 내리친다

차도에 나뒹구는 나뭇잎 한 장
길 잃고 방황하는 내 모습 같아
마음에 걸리는데

아무리 비우고 비워내도
가슴 밑바닥으로부터 차오르는 욕심

더러 못난 모습 감추고 싶어
모자 쓰고 머리칼 꽁지 나부끼곤 했지만
햇살 같은 시인의 마음으로
이제는 거리에 나설 시간

넝쿨장미

그대 향한
사랑의 부피만큼
그보다 더 아파해야만
한다는 걸 알면서도

그대 그리워하는 시간만큼
그보다 더
가슴 무너져 내려야만
한다는 걸 알면서도

담장 위의 삼팔선
기어이 넘어 버리고 마는
붉게 타는 마음 하나

박
숙
경

세월

박숙경

내리닫이 입고
할머니 꽁무니 마당 쓸 듯이 따라다니던 일
엊그제만 같은데
넌구름 한 조각에도 가슴 쓸어내리며
조바심치는 중년이 되고 보니

추수 끝난 논바닥에 낱알 찾는
가슴 검은 도요새처럼
삶의 알곡은 제대로 줍지 못하고
허수아비 모양
팔만 벌리는 건 아닌지

뒤돌아보면
흑백 소묘처럼 살아온 날들
지금 이 자리가
어느 종착역을 향한 간이역인지
도무지 가늠할 수 없어

동쪽 하늘에 이지러진 갈고리달 붙잡고
무엇이라도 물어보고픈 심정
계절 바람이 첼로의 낮은 현으로
내 마음 퉁기듯
괜스레 눈물짓게 하네

이명

까치가 울어 반기는
함지산 기슭에서
진달래꽃
여기저기 붉게 자지러진다

돌층계 하나하나 밟으면
온몸 촉촉이 배는 땀
솔바람에 씻고
지난 가을 못다 한 사연
여태 푸는 억새여

이끼 낀 푸른 돌무덤 지날 때
보릿고개 넘지 못하고
열병 견디지 못해
엄마 품 떠났다던
할머니 통해 들은 이야기 속
아기 울음 들려 오는 듯

멍든 입술처럼
시퍼렇게 배고팠던 기억 되살아나
참꽃 한 잎 따 보지만
차마 입에 넣지 못하고

외갓집

가물거리는 기억의 끈 붙잡고
버스 종점에서 내려
보릿골로 향하는 시오 리 길
동생 손 꼭 잡고
굽이굽이 돌아가면서 걷던 길은
왜 그리 아득하고 멀기만 하던지

사랑채 쇠죽 끓이던 아궁이에선
고구마 익어가는 냄새와
인기척이 나면 방문 밀치며
눈처럼 정갈하게 쪽 찐 상할머니
얼굴 먼저 내미는 곳

코고무신 한 짝 제대로 신지도 못하고
하얀 버선발로 나오시며
꼬옥 안아주시던 외할머니 모습
지금은 어디에도 보이질 않지만

이른 아침 물안개 피어오르듯
생각만으로도 포근한 사랑 느껴지는데
내 아이들도 내 나이 되면
추억의 주머니가 이렇게 두둑해질까

170

나무의 메시지

나뭇잎 떨어뜨려
나이테 하나 더하는
나무둥치의 아픔
자식 키우는 어미 심정 아닐까

자연이 주는 자양분 먹으며
새잎으로 봄맞이하였고
다박머리 팔랑거리는 여름 거쳐
키도 이만큼 자랐건만

아쉬움 남는 계절의 끝자락 붙들던
붉게 물든 마음조차
긴 겨울 잘 견뎌내도록
가볍게 미련 떨쳐버리듯

소낙비처럼 퍼부었던 사랑도
이젠 쉬어 갈 때인가
조금은 더 둥글어진 모습으로
연둣빛 봄을 함께 기다리자고

다부원에서

박
숙
경

병풍처럼 두른
유학산 골짜기마다
붉디붉은 젊은 피
뼈아프게 스민 자리

같은 하늘 아래
같은 땅
다 같은 한민족인데
무슨 이유로 총부리 마주하고
피의 절규로 한 맺히게 하였는가

아군이면 어떠하고
적군이면 또 어떠리
바람은 저리도 자유로운데

된바람에 옷 여밀 틈 없이
어디 가도 오도 못하고
미처 눈감지 못한 어린 영혼
이제 훨훨
영원한 고향 찾아 편히 잠드소서

달빛 때문에

자정 무렵
생각 없이 내다본 서쪽 하늘
몸서리칠 만큼
시린 달빛에
넋을 잃고 말았다

기다려도 못 올 그 사람 역시
어딘가에서
저 달빛처럼 숨죽이며
서러운 울음 참고 있을까

생각을 말자고
잊어버리자고
수없이 속으로 다짐해 보지만

그리움은 강물되어
달빛 속을 흐른다

자화상 2

뭇 생각이 스쳐간다
작은 손거울 속으로

푸른 핏줄과 뼈마디만 불거진
거울 받쳐든 핏기 없는 작은 손에
눈살과 이맛살이 조금만 더 패이면
영락없는 내 어머니다

가슴에 흐르는 강물 따라
지천명을 향한 내 마음은
끊임없이 앞으로만 흘러가는데
저만치 우뚝 선 생의 고지
내 발걸음은 몇 부 능선을 헤매고 있는지

아직도 어느 지점에 있는지도 모르는
바보 같은 나에게
문틈으로 새어드는 황소바람이
뺨에다 대고 오히려 차갑게 묻는다
우리 여기서 왜 만났지

꿈을 찾아서

마라톤과 같은 내 인생의 반환점
분명히 찍고 싶지만
지난 시간 뒤돌아보면 꿈만 같다

어지럽게 내둘린 삶의 테두리에서
가슴 생채기 하나하나 굳은살로
석양빛에 별처럼 돋아날 무렵에서야
젊은 날 꿈꾸었던 작은 소망 하나
이젠 놓치고 싶지 않아
꿈틀거리는 눈빛까지 고이 보듬어본다

어머니 당신의 사랑은

 박숙경

종일 펴둔 이불 들추어
꼬깃꼬깃 접어 둔 만 원짜리 열한 장
거절할까봐
손에 꼭 쥐어 주신 당신의 마음은
아무리 퍼올려도
마르지 않는 샘물입니다

속곳 주머니까지 뒤집어
먼지 하나 남김없이 주고서도
더 줄 수 없음이 안타까운
지난 여름 바다의 파도가 그리운
소라껍데기입니다

열 폭 치마 흠뻑 적시고도
아직도
눈물이 남아 있는
가지만 앙상한
겨울 나무입니다

당신입니다

깜깜한 밤 살얼음 낀 강
눈물로 건널 때
따스한 온기로
차가운 가슴 데워준 이
당신입니다

넓은 바다 풍랑에
인생의 길 표류하다가
흐린 눈으로 지쳐 잠들면
새벽별 따다가 안겨주던 이
바로 당신입니다

쓰러지지 않고
밝은 미소 잃지 않게
내 생각의 중심에
버팀목이 되어주는 그대가 있어
오늘도 힘찬 걸음 내디딥니다

박숙경

박찬민

- 한국바다문인협회 회원

시작 노트

들국화 같은
꽃 한 송이 피우고 싶어
날마다 새벽을 재촉하며
한 그루 희망을 가꾼다

토씨 하나에도 제 모습을 바꾸는 시,
그곳을 향하여 향하여
어둡고도 먼 길을 걸어간다

그 안에 감추어진
작은 행복에 미소 지며

조각보

모처럼
깊숙이 묻어둔
세월을 꺼냈습니다

꽃밭을 옮겨 놓은 듯
빨강, 파랑, 노랑으로 모자이크된
색색의 고운 기억들

한 땀 한 땀 공들인
대를 이은 숨결이
고스란히 손끝에 전해지면

그리움 고이 접어
서랍 속에 다시 넣었습니다

길은 멀어도

조바심을 치며
그곳으로 걸어가지만
길은 어둡고 멀다

안개 자욱한 길에 바람이 인다
서로 등 비비는 나무와 나무들
새소리, 계곡 물소리

들국화 같은
꽃 한 송이 피우고 싶어
날마다 새벽을 재촉하며
한 그루 희망을 가꾼다

토씨 하나에도 제 모습을 바꾸는 시,
너를 향하여 향하여
어둡고도 먼 길을 걸어간다

박찬민

가을비

박
찬
민

마음이 젖는다
가실거리며 매달린
그림처럼 붉은 잎도 초라하고

앙상한 나뭇가지 사이로
찬바람 일고
내 마음도 저물어가는데

정점이다, 겨울의 문턱
마음이 먼저 움츠려든다

노을이 몰고온 어둠이
플랫폼에 깔리면
종착역,
눈물이고 싶다

돌멩이 하나

바람 불던 어느 날
투박한 돌멩이 하나 인연인 듯 주워와
책상 위에 자릴 하나 만들어 주었지

날마다 어루만지며 다듬고 윤을 내어도
갈라진 논바닥처럼 돌은 늘 목말라 했어

잠긴 빗장이 너무나 견고하여
감춰진 무엇 하나도 찾아내지 못하고
끝내 숲으로 돌려보내야 했던 날

발자국 소리마다 스며 나를 따라오던
돌멩이의 속삭임,
달빛 아래 나서면 지금도 들을 수 있지

박
찬
민

작은 소망

박
찬
민

달빛 흐린 우물만 바라보다
헛 두레박질에
휑한 눈이 아침을 맞는다.

잡힐 듯 보일 듯 언어는
물 위에 어리는데
밤새 우물벽만 부딪는 소리
마음 눈이 꽉 막혔는지
한 치 앞도 다가서지 못하는
내 우매함
담쟁이넝쿨이 잎새만 나부끼며 오르듯
하늘 그리는 마음도 끝내
주저앉은 답답한 가슴앓이가
아니야, 이것은 아니야
다시 걸어야 해!

한 발자국
한 발자국,
힘겨운 아기걸음마
먼지만 자욱한 황톳길이다.

시詩야

사랑하는 시야, 언제쯤
네 마음 달래
내 마음 풀어놓을 수 있을까

박찬민

포구에서

백
찬
민

한낮을 밀어 올리던 밀물도
시들해진 해변
횟집으로 들어서자
숨찬 선풍기를 돌리던 아줌마가 투박한
사투리로 팔딱거린다.

멀리 물살을 가르는 젊음들,
파라솔 색색 비키니
허리선을 따라 모래판 뜨겁게
넘치는 바다가 풍요롭다.

포구에 안긴 어선들,
나풀나풀 나부끼는 깃발은
마스트에 높은데
찌든 앞치마를 두른 구릿빛
억샌 사투리에 물결은 출렁거리고

주름진 솔기마다 묻었을
풋풋한 비린내와
헤픈 웃음을 걷어내면서
그들의 겨운 하루도 기울고 있었다

비상을 꿈꾸며

마음 설레며 쏟아 놓은 단어는
마음 풀어내지 못한
말, 말, 말잔치.

벌어진 알밤 윤나는 겉치레
맨몸 들어내도 단단하게 굳은 속껍질
깨트리지 못해

휘청거리며 놓아버리고 싶을 때
괜찮아, 잘하는 거야
스스로 다독거리면

푸른 산
높은 하늘이 보이는 것도 같아
한 걸음, 한 걸음 아기 걸음마

박찬민

불면증

박
찬
민

엎치락뒤치락 탈선한 초침
불 밝힌 눈동자

멀리서
말 발굽소리 점점이 다가드는
숲속 길

바람 소리
자동차 달리는 소리
누가 골목을 지나는 소리

하늘을 날다
이내 추락해 버린 새처럼
꿈인지 생시인지

목련

밤새
소리없는 봄비
촉촉이 내리더니

비 잦아들며
하나 둘 배시시 눈뜨는
불 밝히는 꽃등

아침해,
이슬 맺힌 하얀 솜털
방울방울 물방울 톡톡 터트리면

날아 날아
오른다
하얀, 하얀 나비들

봄

박찬민

동장군 밀어낸 햇살
나무, 풀 새싹들 좋아라
반긴다.

바람 한 가닥
서릿발 훌훌 털고 지나면
연둣빛 새싹 하늘을 향해서
고물고물 몸살이다.

쑥, 냉이, 달래, 씀바귀
낯익은 얼굴들

산으로 가자
봄동산 가보자
사랑이
움트는 소리
내 가슴이 뛰는 소리

190

우물 안 개구리

박
찬
민

조금 한가한 시간이면 누가
가로막는 것도 아닌데 고질병처럼
어디든 가질 못해 안달이다

가고 싶던 곳, 해 보고 싶은 것
꾹 누르고 조이면서
접어야 했던 바람기氣가 묶인
강아지 날뛰듯 일제히 머리를 든다

빼곡히 적힌 얼굴들
갖가지 모임들, 수첩 가득 차고 넘쳐도
정말 내가 필요로 할 때 선뜻
전화 할 곳이 없다
휑한 동산에 나무 한 그루

잘못 살아온 걸까 허허벌판 아득히
얼음장 밑 강물도 흐르는데
땅속 깊숙이 얼었던 맹아리도
봄을 틔우려 하는데

바다에서

박
찬
민

진눈깨비 날리는
바닷가
썰물인가 싶더니, 어느새
밑바닥 드러난 갯벌
작은 배 한 척
낡은 닻줄에 묶여 있다

하나씩 멀어져가는
시간 속에서
어떤 배는 떠나고 없는데
용골을 드러낸 몸

먼 바다를 그리는 것일까
철새 한 마리
차가운 뱃전에 앉아서

녹슨 마스터에 기댄 깃대 하나
흩날릴 깃발도 없이
뼛속까지 몸살을 앓는다

민물낚시

안개 낀
징검다리 건너서 강변

툭툭 빗방울
동그랗게 동그랗게

수심 모르는 낡은
낚싯대
눈먼 고기를 찾고 있다.

빗방울 후드득 우산 속
낚싯줄 흔들리는
바람 소리뿐

박찬민

억새

박
찬
민

제멋에 겨운 향기와
발갛고 노란색으로 벌, 나비를
유혹하며 눈길을 끌 때
가늘고 초라한 나는
작은 바람에도 흔들렸어
따가운 햇살
세찬 빗줄기 맞으며
날 선 잎 세우고 몸살을 한 건
훨훨 날고 싶은 꿈 때문이었을지 몰라
비로소 안 거야 자유라는 것
달빛처럼 하얀 나 홀로 훨훨
은빛 물결 따라 먼 길을 나섰지
기쁨도 잠시, 잠시였어
역시 나는
낯선 곳 어디에서 건
뿌리를 내려야 살 수 있었던 거야
바람은 또 나를 흔들어
더 깊고 더 강하게 만들고 말았어

결국 나는
나일 수밖에 다른 길은 없었어

어머니를 그리며

바람을 닮고 싶었을까
하얀 연기로 홀연히 오르시던 날
구멍 뚫린 노란 하늘을 보았다
말을 잃고 한손이 굳어 버린 당신은
끝내 바람 많던 나뭇잎
그 떨림만큼 슬프던 그늘
영원할 것만 같던 어머니
그렇게 가실 줄을 왜 몰랐을까
바쁘다 힘들다는 핑계로
병원조차 살갑게 동행하지 못했던 나
5월은 늘 그리움을 안은 채 또다시
멈칫멈칫 흘러가겠지
내 사는 동안
둘 곳 없는 카네이션 한 다발
바람 속에 흩어져 버리며

박
찬
민

이상주

- 경남 함안 출생
- 제9회 바다문예대전 우수상 (동시 부문)
- 제12회 〈시와 그림이 있는 풍경〉 시화전 출품
- 한국바다문인협회 회원

- 시화집
《시와 그림이 있는 풍경》

시작 노트

이제는 고향을 닮고 싶다
그리움은 이른 봄 자운영꽃으로 피어
낙동강 유유한 물줄기 따라
지천명의 목 아래 당도해 있다

아플 때마다
마음 먼저 달려가던 고향 산하
아카시아 이파리 한 잎만 들추어도
까르르 쏟아지는 싱그러운 웃음들
간간이 목 울대 출렁이며
눈썹 끝에서 반짝인다

먼 길 돌며
애타도록 찾아 헤매다
다 채우고도 비어 있는 너를
이제야 본다

네 가슴에 기대
잔바람에 드러눕는 풀처럼
묵묵히
강물을 바라보는 버드나무처럼
나 이제 그렇게 서고 싶다

197

안부

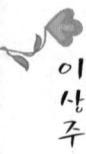

수줍은 듯
실도랑가 제비꽃은
배시시 웃으며 봄소식 푸는데
박새 두 마리
누구 안부를 물고 왔는지
이곳저곳 오가며 쉴 새 없이 새롱거린다

이십사 년 전
저들의 땅으로 옮겨 가신 아버지 소식
행여 들을세라
귀 그러쥐고 가만히 서 보지만
꽃향기로, 새소리로 전해 오는 당신 안부
세월의 물줄기에 휩쌓인 딸년은 듣지를 못하네

저녁놀 곱게 내려앉는 그날엔
바람의 해석 없이도
서로의 말 알아들을 수 있는 저곳에
나도 작은 방 하나 얻어
아버지 소식을 듣고 싶다
이미 저들과
다정한 이웃이 되었을 아버지의 목소리를

하현달

겨울 새벽
임은 어디 가고
반쪽 가슴만 서성이는가

적막한 공간
삭이지 못할 그리움
부려 놓은 자리엔
시린 바람만 가득하구나

살면서
좋은 날만 있겠는가
사랑과 이별 또한 그러한 것을

이제 더는 서러워 말자
시련의 강 건너
여백에 묻어둔 그리움 맞닿으면
둥글게 하나 될 날 있으리니

이상주

안개

이
산
주

고해성사라도 하는 것일까
도시도 산도 미사포를 쓰고
경건히 엎드려 반성하고 있다
황령산* 정상
멀리 광안대교는
세상 얘기 듣고자 귀를 세웠는데
참선에 드셨는지
바다도 하늘도 기척이 없으시다
초매草昧한 세상
폐부를 찢고 나온 사연들의
분분한 아우성이 공중을 떠돈다
돌아보면 길 없는 길을
이정표도 없이 펄럭이며
진실로 그리운 이 하나
새겨 두지 못했던 어둑한 가슴
이렇게 먼지 낀 가슴으로는
한 줄의 시도
한 사람의 영혼도 담을 수 없겠다
안절부절 애태우는 바람에게
상처 깊은 이 산은 맡겨 두고
반성하는 집들 사이로 내려가
어제 오늘 그리고

허로虛老한 세월을 반성해야겠다
건성건성 지내 왔던 내 삶과
이제는 투명하게 마주 서야지
진달래 여린 망울을 입에 문 봄,
지금 막
안개의 등을 딛고 날아오른다

이산주

2월의 바람 앞에서

이
산
주

사선으로 기우는 해거름
서걱대는 시간의 간극 위로
텅 빈 바람이 지나간다

바람은
벗은 나무들을 읽고
마른 풀들을 읽고
짓무른 내 가슴을 읽고 간다

나를 읽고 간 사람이 있다
그림자도 없이
갈비뼈 사이사이를 지나
내 마음 고독의 상자 안에
눈부시게 쏟아지는 통증의 별

2월의 바람은
나뒹구는 그리움의 잔해들을 밟고
헐벗은 가슴마다
새로운 약속을 새기는 중이다

싸리꽃

봄이 오는 소솔길에서

이
상
주

고향집
뒷산 오솔길에 묻어둔 기억들이
여름 끝자락이면
너의 향기 따라 알싸하게 밀려온다

소 몰고 쟁기 지고
무수히 오르던 그 언덕길을
아버지 상여 타고 가시던 날
미처 떨구지 못한 이슬방울
꽃잎에 매단 채
여린 가지 흔들며 슬퍼하던 꽃이여!

평소 엄하시어
살가운 정 모르고 살았는데
저승길 예약하고 느닷없이
막내딸 미용실에 찾아오신 밤
라면 안주 삼은 약주 한 잔에
눈시울 붉히며 아파하시더니

미혼의 자식들 어머니께 맡기고
눈조차 못 감은 걸음 어이 옮기셨나
고향 산모롱이에 지천으로 피어
세상살이 부대끼는 지금
가슴속 보랏빛으로 너울지는 그리움

봄이 오는 오솔길에서

이상주

봇물 터진 듯 그리움 밀려와
호젓한 숲길 홀로 걷는데

개울물 까치 장끼
통통 튀는 박새가

저마다
제가 봄이라며
목소리를 높입니다

봄은
감미로운 그대 목소리,

나뭇가지 사이사이로
옥빛 하늘 내려앉고

산허리 간질이던 바람도
골짜기로 내려앉고

나도 나무그루에
가만히 걸터앉아

204

흐려지는 영상
그 능선에 기대

핏빛 멍울들 터뜨려 터뜨려
진달래 송이송이로 피어나고 싶습니다

사람이기에

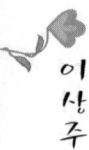

살면서 한마음으로
사랑할 수 있으면 좋으련만
사람 마음이란 게
어찌 한결같을 수만 있으리

처음이사
오뉴월 햇살처럼 뜨거울지라도
형태도 없는 것이
눈물꽃 웃음꽃 피워 가며 늘상 변하다가
상처 하나 남기고 가버릴 수도
아픔 속에 머무를 수도 있음이니

사람이기에
누군가에게 끊임없이 상처를 주면서도
나를 아프게 한 이에게는 용서가 힘든 우리

행여 세월 흐른 뒤에라도
회한의 눈물바람 뿌리지 않으려면
더러는 내게 잘못한 이도
용서하며 살아야 하지 않겠는가

늪으로 간 사람

크리스마스다 송년 모임이다
한껏 들썽이는 서면* 밤 거리
처음에는 쓰레기 뭉친 줄만 알았다

건물의 벽도 돌아앉은 추위 속
24시 편의점 외벽 모퉁이에
애벌레처럼,
몸을 말고 누워 있는 한 남자

삭풍이 소용돌이치는 오로움의 바다
저 너머엔
식구들과 단란했던 한 때도 있을 터인데
어쩌자고 겨울 한복판에
짐짝 같은 몸뚱이 부려 놓고
아득한 세상을 보고 있는지

사람아
희망의 노래 한 소절
언제나 불러보려는가
봄은 아직도 멀기만 한데

* 서면 : 부산의 동 이름

내 사랑 시혼詩魂에게

이상주

무시로 드나드는
그리움 속에
당신을 가두어 놓고
수도 없이 걷고 있는
미명의 시간

창가에 기댄 별빛을 모아
내 마음과 그대 마음 잇는
징검다리 놓아가면
안겨올 듯 멀어지는
당신입니다

홀로 하는 사랑
가슴 에이는 숱한 밤을
동동거려 봐도
혼탁한 영혼에 머물 수 없어
배돌던 당신

어이 하리까
높바람 부는 계절이 와도
옷깃조차 여밀 수 없는
황량한 가슴
고귀한 당신께 누가 되지 않도록
해맑은 불씨 하나만 심어 주소서

어머니

어디로 갔습니까
옥색 저고리 검정 치마
곱디고운 매무새는

굽은 등에 업힌 노을로
무엇을 더 심으시려고
그 고운 얼굴에다 이랑을
이리도 만들어 놓으셨나요

주렁주렁 매달린 팔남매의
목구멍으로 넘어가던 웃음이
새벽별을 이고 나가
살풀이하던 들에 흩뿌리고 온
당신 눈물이었음을

온 삭신으로 들어앉은 세월이
밤마다 숨 넘어가는
짐승 소리를 내는 지금에야 알아
솔가지 같은 당신 손등에다
때늦은 눈물방울 떨구옵니다

이상주

가을 여행

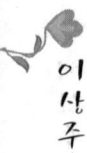
이상주

아픈 기억들 걷어내고자
홀홀이 나서
서울로 가는 철길 위
긴 상념의 터널 지나 가을 속을 달린다

가끔씩
바람에 몸을 푸는 억새의 깃털과
절개지 곳곳에 일어서서
수줍게 손 흔드는 벌개미취의 배웅에

부대껴 오던 일상의 옷
홀홀 벗고 발 밑에서
숭숭거리며 떠나는
낙엽의 시린 이야기 속으로

다잡지 못했던 마음
큰 숨으로 토해내며
언젠가
내 모든 것을 풀어놓아도 좋을
그대에게 가고 있습니다

낙엽

이상주

머지않은 이별이 두려워
간밤, 작은 바람에도
그토록 떨었을까

내 가슴마저
저리도록 아프더니
하늘도 울먹이며
낮게 깔린 이 아침

널 배웅하려는지
길섶에 나앉은 국화 꽃잎에도
방울방울 눈물 맺혔구나

오월 애상哀想

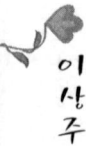
이상주

푸른 것들은 저마다 슬픔을 지고 온다
저 깊은 낙동강을 건너온 오월이 그랬다
정갈히 머리 빗은 보리밭 출렁이고
아카시아 향기 짙다해서 슬픔이 없겠는가
어머니 무명 앞치마 같은 싸리꽃
하얗게 흐드러지면
내 얼굴의 마른버짐도 드문드문 피어나고
애옥살이, 보릿고개도 무르익어
배 터지게 먹고 싶은 이밥
아카시아 한 움큼으로 속 달래 보는데
아침 밥상에서 쌀밥 한 톨 주워들고
이런 밥 해달라던 네 살배기 막내 동생
아홉 살 누이에게 배고프다 칭얼댄다
슬픔은 열꽃으로 피어 중천을 떠돌고
들일 나가신 엄마도 감감하고
낙동강 물빛만큼 깊고 푸르던
나의 오월

창가에 어둠이 내리면

이 상 주

덜컹거리는 초겨울 창가에
어둠이 내리면
딱히 찾아올 사람도 없는데
눈길은 자꾸 현관을 향합니다

초연해지려 애쓰지만
당신을 내려 놓지 못한 마음은
감겨오는 그리움 속으로
다시 헝클어지고 맙니다

어둠은 초대하지 않아도
스스럼없이 오는데
애타는 밤을 얼마나 더 보내야
당신은 오시려는지

찾는 이 없어
바람도 지쳐 떠나간 자리
안쓰러이 바라보던 별들만
저토록 퍼렇게 멍들고 말았습니다

이영숙

• 충남 당진 출생('66)
• 한국바다문인협회 회원
• 시화전
〈시와 그림이 있는 풍경〉 출품

• 시집
《숲으로 난 길》(공저)
• 시화집
《시와 그림이 있는 풍경》(공저)

시작 노트

나는
주어진 삶의 바퀴
쉬지 않고 굴렸지
어디까지 왔나 돌아보니
갓 불혹不惑을 넘겼네

어린 시절 꿈꾸었던
오색 실타래 속에 감긴 추억
하나씩 떠올리며
새록새록 풀어보네

살아온 날들 돌이킬수록
폭풍처럼 밀려오는 그리움
어린 시절 꿈들 어디로 사라졌나
살펴보니
나 자신은 간데없네

이제부터 시작이네
언어의 수레 타고
마지막 나의 길
둥글게, 둥글게 굴리면서
참된 나를 찾아가려네

앵두

이영숙

수줍어 수줍어서
잎새 뒤에 숨었어요

바람이 지나다가
슬며시 들춰보면

빠알개진
얼굴,

수줍어 수줍어서
얼른 초록 문을 닫아요

수돗물에 손 씻으며

이영숙

고향집 앞마당의 우물이 생각난다
달걀귀신이 산다는 푸른 이끼 그 우물
허리 숙여 들여다보는 한 소녀가 보인다
한여름 수박 참외 시원하라고 띄웠다가
두레박에 건져 올려 둘러앉아 나눠 먹던
그 시절 웃음꽃들이 구름처럼 피어난다
지금도 그대롤까 누가 메워버렸을까
수돗물 좋다지만 그 우물이 그립다

새벽을 열며

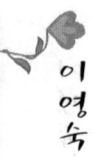

어둠이 채 가시지 않은 창가
밤새 내린 눈 위로
가로등 불빛 쏟아져내린다

사방이 빙판으로 변한 놀이터
미끄럼틀 옆에서
운동하는 사람 여전하고
삶의 현장으로
트럭 한 대 빠져나간다

십구 층 창가에서
하루를 시작하는 모습들 내려다보며
누구에게나 기쁨 주는 하루가 되기를
기도하는 새벽

탁자 위의 자명종이
오늘따라 유난히 더 크게 울린다

유전

꼬챙이처럼 길쭉한 가운데 세 손가락
통통하고 짤막한 엄지손가락
누에 모습을 한 새끼손가락

더러 이렇게 생기면 재주 많다고 했어도
내겐 위안이 되지 않았다
나와 오빠는
할머니 닮은 아버지를 빼닮았지

어지간해선 목소리 높이는 법 없이
잔잔한 미소로 조용조용 말씀하셨고
명절 되면 단정하게 차리시고
다과를 분배해 주시던 할머니

아마 천상에서 보고 계실까
유년시절 감추고 싶었던 것들이
지금은 귀엽고 사랑스러운 이유는
모든 걸 본받고 싶기 때문일거야

토끼풀의 추억

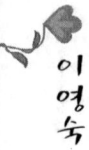

이영숙

하얀 털 빨간 눈
무슨 애기하나
두 귀가 쫑긋쫑긋

냠냠 오물오물
풀 먹는 모습 앞에
시간 가는 줄 모르고 지켜보는
두 눈 뱅글뱅글

폭신폭신 꽃방석 위에서
왕관은 머리에 얹고
목걸이는 목에 걸고
시계, 반지 손에 끼며

풀밭 여기저기
행운 찾아 네 잎 찾아
발견한 기쁨
와와 오월의 소리

봄날

눈 내리고 비바람 아무리 몰아쳐도
꽃샘이 비록 시샘할지라도
땅속에 숨어 있던 새싹들은
연둣빛 고개를 내민다

겨우내 움츠렸던 가슴 열고
자전거 페달 밟으며
운동장을 시끄럽게 뛰노는
아이들 소리 정겹게 들리는 가운데

내 마음 칠보단장이라도 한 듯
발걸음 사뿐히 내려놓아도
콩닥이는 가슴 안고
사 학년인 아들 교실로 들어서니
반갑게 맞이하는 담임선생님

초롱초롱한 눈망울
의젓한 아이들 모습은
개나리 목련과 함께
내 마음에 밝게 피어오른다

이영숙

소나기

이영숙

먹구름 삽시간에 몰려와
굵은 빗방울
차창 뚫어져라 내리치니
운전대 잡은 손
가늘게 떨린다

도로는 금세 물바다 되고
마주 오는 차 빗물 휘몰아치며
사정없이 덮치고 지나가는
순간, 눈앞이 깜깜하고 아!
소리 절로 튀어나온다

두려워 눈은 감고
빗소리만 귓가에 쏟아지다가
가늘어진 빗소리에 살며시 눈을 뜨니
밝은 햇살 빛을 뿜고
내 마음 사로잡는
알록달록 무지개

하루에도 수십 번
어두워지고 천둥번개 치며
눈물바다 이루었다가

언제 그랬느냐는 듯
환한 얼굴로 미소 머금는
나의 자화상

이
영
숙

현대인의 자화상

이영숙

석모도 가는 매음리 선착장
철썩이는 파도 누비며
물 빠진 갯벌로 날아드는 갈매기들

자동차에 몸 실은 채
승선하는 사람들의 파수꾼이 되어
뱃고동소리에 맞추어
배 주위를 호위하듯 날아오른다

리처드 바크의 〈갈매기의 꿈〉에 나오는
조나단 리빙스턴 같은 갈매기는 어디로 갔는지
눈앞에 던져진 먹이에만 혈안이 되어
하나라도 더 차지하려고 난리 치는 모습들

생존 경쟁의 틈바구니에서 밀려나지 않으려고
소외되고 힘없는 주위 사람의 배려는 안중에도 없고
일신의 안위와 영달에만 급급하는
우리 모습과 과연 무엇이 다를까

아름다운 호미곶에서

이영숙

황금 보리밭
상생의 손 내민 오월의 호미곶

축가와 시낭송이 어우러진
《숲으로 난 길》출판기념식 마치고
하늘과 맞닿은 듯
노을로 물든 바다를 배경으로
타이타닉 영화 속 한 장면처럼
추억을 담는다

바베큐 파티 노래자랑으로 이어지는
식을 줄 모르는 뜨거운 열기로
밤을 지새우며
드넓게 펼쳐진 바다를 보며 감상한
〈곽재구의 사평역에서〉
마치 추운 대합실에 있는 듯한 착각 속에 빠졌다가

'날아오르자
함께 날아오르자
아름다운 세상 속으로' *
시낭송 중 한 구절이 귓가에서 떨어질 줄 모르고
헤어지기 싫은 내 마음에 자꾸 메아리친다

* 최영호 시인의 시 〈아름다운 세상 속으로〉에서 인용

영월의 하룻밤 풍경

이영숙

깊은 산골짜기
이슬 차게 내려앉는 밤
해선식당 안에서의 흥겨운 노래자랑

난고 선생님의 혼령이 내려와
감흥을 돋우는 듯

막걸리 한 잔에 정겨운 대화 오가며
도토리묵 감자전 감칠맛 더하니
가을 달빛에 서로 붉어지는 눈시울

인적 끊어진 와석리 섶다리 아래
청아하게 흐르던 계곡물
우리들의 웃음소리에
반색하며 별빛 어룽지고

귀뚜르르 귀뚜르르
잠 못 이루는 귀뚜라미 소리에
내 마음마저 솔아
밤새 뒤척인 문화잔치의 밤

추억 속의 길

이영숙

자욱한 안갯속 걸어가듯
추억의 흙먼지 휘날리던 신작로
미루나무 춤추던 저수지 둑길 따라
오고 간 육 년 세월

도중에 고목이 된 홰나무
땀 식혀주는 쉼터 되고
마을 어귀 큰 과수원 앞 지날 때면
상큼한 향기 진동한다

흰 옷깃 빳빳하게 달린 검정 교복 입고
영어 단어 암기도 하며
김춘수 시인님의 〈꽃〉 읊조리다가
음악교과서에 나오는 가곡 부르기도 하면서
단발머리 나풀거리며 걸어갈 때

자전거 타고 휘파람 불며
짓궂게 지나가는 까까머리 남학생들
뒤돌아보고 눈 마주쳐도
아랑곳하지 않고 고개 숙인 채
사뿐사뿐 앞만 보고 걸었던 날들

어린 날의 우상

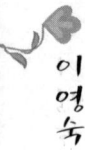

이영숙

물이 꽁꽁 얼어붙는 한겨울
일찌감치 군불솥 가득
식구들 세숫물 데우시며 내는
기침 소리에
언니 오빠와 두툼한 솜이불 개키고
얼른 빗자루 들고
방 청소했던 그 시절

출근준비 끝내시고
애들아 밥 먹자 하시는 소리에
온 가족 안방 두레상에 둘러앉아
덕담 한마디 하시면서
아버지가 먼저 수저 드신 다음 우리도 들었고
반찬 잡수시면
식구들도 젓가락을 가져갔지

숭늉으로 입가심하시면서
천천히 많이 먹으라고
진지 남겨두고 나가시면
누가 먼저 먹을까
서로 눈치 보던 형제들

가훈도 액자에 담아 걸어 놓고
한 달에 한 번씩 가족회의 때마다
무릎 꿇고 앉아
우리 중 누가 선창하면
따라 복창했던 그 소리, 고향 소리들이
이젠 자꾸 멀게만 느껴진다

이
영
숙

옻닭

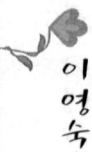
이영숙

어릴 적 옻나무 새순 따서
고추장 얹어 드시면
입맛 도신다던 아버지
옻나무 옆에만 가도
옻올라 고생하시던 어머니 떠올리며

내 생전 처음 먹어 보는 옻닭
옻오를 두려움보다 함께하는 맘이 앞섰기에
시원한 국물에 간 맞추어
송희 고모 다섯 그릇
나는 세 그릇

일곱 살 되어도 걷지 못하는 딸을 가져도
마냥 인심 좋은 송희 엄마
푹 익힌 옻닭 꺼내어 손으로 찢어 놓고
다른 사람 먹이느라
힘든 줄도 모르는 현준엄마

다들 어려운 가운데도 한결같은 마음으로
서로 의지하고 격려하며
이웃 험담 모른 채
정답게 인정 나누며 살아가는
참 아름다운 사람들

230

자귀나무꽃이 그려진 찻잔

아름다움 뽐내며
즐비하게 들어서 있는
인테리어 상점들 앞에서
어느 순간 도취된 시선으로
출입문 열고 들어선다

깨끗하고 하얀 찻잔에
연분홍 불꽃처럼 피어난 모습
내 가슴 포장하듯 안고 나오는
발걸음 가볍기만 하다

형형색색 그려진 공간 속으로
내 마음은 어느새
찻잔 속에 어우러지는 향기 떠올리며

재스민, 캐마모일 담긴
아지랑이 모락모락 피어오르는
허브차를 마시며
행복한 사랑 꿈꾼다

이영숙

성황당 나무

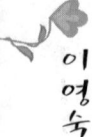
이영숙

어릴 적
서낭당 옆에만 지나가도
오금이 저리고
왜 그리 무서운지

하늘에 닿도록
소원비는 한 많은 여인의
울음 섞인 소리 들리는 듯

정화수 한 그릇 바쳐놓고
손발이 닳도록 빌고 빌며
일어날 줄 모르니

하늘 향해 금줄처럼 매단
오색 천 조각들
무슨 답변이라도 내리는 듯
알록달록 흔들어 댄다